王大智作品集

青演堂叢稿四輯　小說

二一五號候診室

王大智

萬卷樓

這個世界

除了男人以外
還有女人小孩

寫在《論劍閻王殿》發表後

文學反映作者，反映社會，反映作者觀點下的社會。因此，文學離不開客觀社會，卻需要主觀思想。思想問題，使得文學和其他藝術形式不同：文學（戲劇）要求創作者與欣賞者之間，產生思想共鳴。美術、音樂、舞蹈要求創作者與欣賞者之間，產生感官共鳴。主觀思想由何而來呢，當然由讀書與生活而來。後者對於特殊而有創意的思想而言，更是重要。

《論劍閻王殿》是我第一本短篇小說集。那本小說集，收錄了十五篇小說。相對而言，女性描寫比較少。這樣充滿男性觀點的寫作，很能代表我某一時期的學術愛好。（先秦諸子，特別是墨翟）也很能代表我某一時期的社會活動特色。

《二一五號候診室》是我第二本短篇小說集。這本小說集，收錄了十七篇小說。其中女性與小孩的比例大大增加。（男性角色，也多沒有《論劍閻王殿》中那樣嚴峻）換句話說，《二一五號候診室》與《論劍閻王殿》，很有點陰陽、剛柔的相對性。

就一個男性作家而言，我對於女性與孩子，不可能瞭解很多。

（至少不如女性作家瞭解多）這裡面，想像力是我的最大工具。還好我學美術出身，想像力對我並不陌生。問題是，想像除了天馬行空，還要合情合理。我曾經在一本雜誌上說過，我的文學想像與美術想像很類似－特別是和抽象畫的想像很類似。我想把這種看似不相關的想像，說清楚講明白，可是非常困難。不過，我有一個勉強的說法，那就是：上述兩者（抽象畫、文學）在個性上，都有極大的不確定性。畫一幅抽象畫，不可能開始就有完整安排；繪畫過程中，充滿即興、變化與不可預測。文學上，特別是描寫女性與孩子的行為與反應，也是如此。我跟別人講，《論劍閣王殿》是我用左腦寫的，《二一五號候診室》是我用右腦寫的。應該側面地表達了我的意思。

　　《論劍閣王殿》發表後，有人問我，為什麼用它作書名。本來我要用《當劉宅好遇到阿旺》作書名的。因為〈當劉宅好遇到阿旺〉被《筆會》（PEN）選上，翻譯成英文。《筆會》是全球性組織，在世界上有地位；用入選作品作書名，也是很好。但是，〈當劉宅好遇到阿旺〉名字太長，字數太多。所以，最後用了《論劍閣王殿》。〈論劍閣王殿〉這篇小說，在思想上照顧的廣，以它來綰合全書精神，也是很好。另外，〈論劍閣王殿〉是一篇特別的小說；它可以被看作劇本（特別是舞台劇）形式小說。它是我一篇有實驗性的小說。以它作為書名，也有這麼一點原因。

　　《二一五號候診室》的發表，也有同樣躊躇。我本來想用〈獅子與蜘蛛－非寓言〉作書名。因為〈獅子與蜘蛛－非寓言〉也被《筆會》選上，翻譯成英文。然而，〈獅子與蜘蛛－非寓言〉同樣名字太長，字數太多；並且容易讓人誤會，以為是本兒童讀物。最後決定用

《二一五號候診室》作為書名。因為〈二一五號候診室〉被《小說選刊》選入複刊。《小說選刊》在華文世界中，有相當影響力。另外，〈二一五號候診室〉是我寫過最長的短篇小說，也有某些代表性。以它作為書名，也有這麼一點原因。

　　用單篇小說名字，作為小說集名字，並非特別之事。我出了兩本短篇小說集，在決定名字時，曾經有過上面這些想法。現在寫下來，算是一種紀錄。

王大智

目次

獅子和蜘蛛 – 非寓言
（完稿於 2012年3月25日）

　　在以前，印度是有獅子的，所以佛教喜歡用獅子來作譬喻。後來，因為種種原因，印度沒有獅子了。這件事情不必多考證、多計較。因為，現在非但印度沒有獅子，非洲也快沒有獅子。獅子就要不存在了。再過若干年，你們看我這篇小說，就像看一個恐龍的故事，看一個遙遠而⋯完全不重要的故事。

　　也許是水土的問題，也許是當地人文素養的問題，印度獅子偏好思考 – 牠們沒事就坐著冥想。也有人說，牠們其實並不是冥想；只是在吃了一隻小鹿以後，喜歡閉著眼睛坐一坐。為什麼吃飽了不躺著？為什麼吃飽了要坐著？這就是人文素養造成的特殊習性。也許，牠們常常看見印度人那樣坐著，牠們也就那樣坐著。

　　那天，下過一場雨，陽光懶懶的從樹葉間撒下來。一隻獅子，剛剛吃過一隻小鹿，坐著閉目養神。大約坐了兩個小時。這件事情是說不準的，因為一旦進入冥想的境界，時間似乎就停止了。這是有冥思經驗的人，都知道的事。

　　獅子張開眼睛，視力有點模糊，耳朵有點發癢。它把頭往後仰了仰，發現頭上都是蜘蛛絲。因為，它冥想的時候，有隻蜘蛛在它頭上結了一張網。那張網的一端，在獅子耳朵和鼻子上，另外一端在一棵樹上。顯然，獅子冥想的時候，蜘蛛把它當成了一棵樹。由此可見，獅子冥想的功夫很深。這就是必須先花時間，說明它是印度獅子的原因。

　　獅子打了一個大噴嚏，用前爪抹了抹臉。它左右看看，發現有一個小臉孔看著它。那個小臉孔黏在一棵樹上。慢慢的，小臉孔開始移動。獅子發現小臉孔的四周，有幾隻腳晃動。那是一隻蜘蛛，一隻背上有小臉孔的蜘蛛。最後，那隻小臉孔蜘蛛，爬到獅子眼睛的高度，停了下來。

　　獅子仔細看著那個小臉孔。原來，小臉孔是蜘蛛背上的花紋。蜘蛛有另外一個頭，和一個更小的臉孔。獅子動了動嘴巴，小鹿的味道還是很好。就像是…乾式熟成牛肉一樣！獅子舔舔嘴唇，眼光回到蜘蛛身上。蜘蛛瞪著小眼睛，冷冷的看著獅子。獅子對那種眼光很熟悉，其他獅子要跟它搶小鹿的時候，就是那種眼光。獅子靠近蜘蛛，好奇的歪著頭，看著眼前這個奇異小東西。

　　「不要盯著我看。沒有禮貌。」蜘蛛說。
獅子有點吃驚，用鼻子嗅了嗅蜘蛛。
　　「你會講獅子的話？」獅子問。
　　「不。是你聽懂了蜘蛛的話。」
獅子沒有被這種因明關係弄迷糊。印度獅子都有這種修養，它們不怕

哲學問題。獅子又舔了舔嘴巴，回味著小鹿的味道。

　　「不要舔嘴巴，我知道肉的味道。」

獅子露出尷尬的表情。咳嗽了一聲。

　　「你好嗎？」獅子問。

　　「我不好。你吃飽了，我沒有吃飽。事實上，你剛才弄壞了我的網。上面有兩隻蒼蠅，那是我的午餐。現在，午餐飛了。我餓著肚子講話。」

獅子是善心的。事實上，任何動物只要吃飽了，心地都還算善良。它轉了轉眼睛，又咳了一聲。

　　「對不起。我吃飽以後⋯睡著了。所以⋯」

　　「我懂。我吃飽以後，也會睡著。」蜘蛛說。

獅子覺得，這個話裡有話，蜘蛛大概還在不高興。它抬起左腳，像馬龍白蘭度一樣，用指甲背面搔著臉孔。蜘蛛也覺得，再講吃飯問題，有點小家子氣了。但是，動物之間是沒有什麼話題的－除了吃飯問題，沒有什麼可以思考的事情。中國人不是說「吃飯比天大」麼？可見，吃飽了沒話講，也並不是動物間的問題而已。

　　「小鹿好吃嗎？」蜘蛛問。

　　「嗯。還可以。」獅子停止白蘭度式的動作，看著頭頂的樹葉。

　　「容易捉嗎？」蜘蛛在吃飯的話題上找岔路，算是給獅子台階下。

獅子很聰明，當然知道話題有了轉變。它低下頭，看著蜘蛛。

　　「啊。這個問題，真是難回答。小鹿跑得多快啊！不好捉。加上它們身上有花紋，躲在樹林裡，也不容易看見。」

　　「喔。偽裝。」蜘蛛說。

　　「對了，偽裝！可惡極了。」獅子小聲低吼著。

「我也很會偽裝。你會偽裝嗎？」蜘蛛說。

獅子抬起頭，動了一下它的鬍子。

「我當然不偽裝！我不需要偽裝。偽裝是弱者的行為。我是強者，強者看不起偽裝。」獅子說完，用眼角瞄了瞄蜘蛛。強者弱者的問題，讓蜘蛛又不高興了嗎？畢竟，對它有點虧欠；弄壞了它的一頓飯。

蜘蛛沒有不高興。至少從它身上的小臉孔看來，它沒有不高興。

「但是，小鹿躲在樹林裡，你不是就看不見嗎？偽裝有用的。」

獅子不喜歡這個說法。它把頭轉過去，沒有接話。

「那麼，小鹿跑到草原上，好不好捉呢？」蜘蛛問。

「嘿嘿！」獅子抖擻著它的鬃毛，聲音大起來。

「那當然就是我的天下了。哈哈！追逐啊！獵殺啊！一口咬下，鮮血噴出！真是⋯」說到這裡，獅子好像想到什麼，把眉頭皺了一下。

「其實，小鹿在草原上，也不大好捉。它們機靈得很。如果發現我過去，就立刻跑走了。所以⋯不是每次都捉得到。如果它們開始跑，就很難捉到。追著它們跑十次，大概可以捉到一次。」

獅子講完了，心裡有些後悔。這個萬獸之王，食物鏈頂端的獵食者，吃飯問題並沒有想像中簡單。把這些事情告訴蜘蛛，讓獅子有失面子的感覺。

「所以，你都是偷偷靠近？」蜘蛛說。

「嗯。」獅子漫應了一聲。

「躲在草叢裡偷偷靠近？那你不是也偽裝嗎？」蜘蛛說著，身體移動了一下。

「靠近以後，就不動了。假裝是一棵樹，或者一塊石頭。你也偽

裝的，偽裝的不錯。我看過你們打獵。」

獅子沒有發怒，雖然蜘蛛挑戰了它的強者觀念。因為獅子發現，這是一個哲學問題，一個它沒有想過的哲學問題。這就是印度獅子的特色，它們很好溝通。

「嗯嗯。你說的也有一點道理。你呢？你怎麼打獵？」獅子問。

「我們不打獵。我們只是織網。」蜘蛛淡淡的說。

「只是織網。」獅子重複著蜘蛛的話。

「只是織網。織好了網，我們就靜靜的等著，等著各種小蟲掉進網裡。然後，過去把它們吃掉。」

獅子不想聽這些話。這不是它的哲學，這不是強者的哲學。

「這已經不算是偽裝了，你跟本…就是把它們騙過來吃掉。這不是偽裝，這是欺騙。我不靠欺騙獲得食物，我靠暴力獲得食物…偶爾，偽裝一下。」獅子講話的時候，把頭昂起來。它的龐大身軀，籠罩在懶懶金色陽光中。很有些王者的氣象。

蜘蛛沒有理會獅子的反駁和堅持。

「我們沒什麼不同嘛。只是在最後剎那，你要追逐啊！獵殺啊！一口咬下，鮮血噴出！我則靜靜的等待。」蜘蛛說。

「還有，我很少受傷。不對，我根本就不會受傷。你受過傷嗎？」

獅子想著受傷的事情。它發現，它現在就很受傷。它覺得，它根本不應該跟蜘蛛說話。雖然它是一隻印度獅子，但是，面對了一隻印度蜘蛛。實在講，印度蜘蛛也少說話。蜘蛛說了這麼多話，應該和沒吃到午餐有關－雖然，昨天它才把跟它交配的公蜘蛛吃掉！

「吃東西麼。生存把戲麼。但是，你很原始，我很進化。你要像我一樣進化，還需要很長時間。」蜘蛛說。

「對了，小鹿不玩這種把戲。它們隨性地走到這裡，走到那裡；把這些草吃掉，把那些草吃掉。有時候，還把一些小花吃掉。在吃東西上，小鹿倒是不偽裝、不欺騙；全然的強者。或者，你可以考慮吃草？」蜘蛛繼續說。

獅子確定了，今天完全不應該跟蜘蛛說話。因為，印度獅子有聖徒一般的個性。它們就像一台挑剔的電腦，不能容忍任何混亂程式。獅子站起來，緩緩的轉過身，離開蜘蛛。

獅子走出樹林，不得已地，開始思考生存與進化問題。前面說過，思考是印度獅子的通病。接著，它開始嘔吐；直到把那隻小鹿完全吐出來為止。獅子生病了，它中了蜘蛛的毒。那種毒素侵入它的腦子，破壞了它的尊嚴，和它的價值觀。那天晚上，獅子回到它的獅群，把這個毒素傳染給其他獅子。結果，所有的獅子都生病了。它們都開始思考，並且開始嘔吐。然後，其中的幾隻死了。

有人認為，嘔吐是一種現象，一種自絕於進化的生理反應。不管怎麼說，最後，印度的獅子都死光了，絕種了。據說，最後一些獅子，死前圍坐在一起，喔喔的給自己唱輓歌：懷念著勇氣、榮譽與尊嚴。

這首歌，原來很是悲壯高亢。現在聽起來，也許不覺得如此。那是因為獅子們唱歌時，被一隻路過的小鹿聽到了。結果，這首歌在小鹿世界裡傳唱很久－它們多半在過年的時候唱這首歌；作為一首兒歌，一齣有名笑劇的背景音樂。

鼠妹
（完稿於 2014年8月14日）

1

那天，踏上「幸福之旅」，坐火車去鄉下。所謂「幸福之旅」，是觀光局的宣傳，也就是條舊鐵道；起點至終點，不過三站兩小時。鐵道舊，火車更舊。臉對臉的雙排座位，座位上鋪著綠膠皮。一路上，火車冒著黑煙，咕咚咕咚響。穿過山洞時，司機會拉汽笛－嗚嗚的叫幾聲。

生活裡煩亂太多，讓人渴望休息，渴望輕鬆。真正的休息著，輕鬆著，又覺得不知所措。就拿今天來講，臨時起意坐火車，本來即興有趣。可是沒有多久，嗚嗚、咕咚和黑煙，都不再新鮮。撲面而來的綠野，和座位上的綠膠皮，逐漸讓人不奈。舊煩亂未減，新煩亂又起。難道，休息與輕鬆這麼困難？「幸福」這麼困難？打開背包，拿出絨毛小鴨捏著；十七歲的我，皺著眉頭，不能理出什麼頭緒。

車上人少，對面坐著一個老熟男；身材高大，頭髮灰白，留著八

字鬍，嚴肅但是體面。只是在破火車上，有些顯眼，有些礙眼。難不成，他也是煩亂的來源之一？

　　老熟男坐下以後，便完全不理我，盯著窗外發呆。這樣很好，千萬不要有互動；輕鬆休息的時候，視覺比聽覺更需要獨處。可是，「幸福」沒有很長久。過了兩個山洞，老熟男開始瞪我，開始拈他的鬍子。怎麼？一個捏著小鴨的皺眉女，令他很好奇？無聊！我最討厭人家看我！對付他的辦法很簡單：瞪回去就好，瞪到他把眼睛轉開就好。這招有用的，每次有男生看我，我都是這樣。

　　「小鴨子很可愛啊。」眼睛沒有轉開。

哦。還要跟我說話？想要搭訕我嗎？年齡都可以做爺爺了。不是這樣？是自己想太多？好吧。說話就說話，沒有在害怕。結果我沒有說話，皺著眉頭對他笑了笑。那種笑容，大概不會很好看。

　　「很好。造型很漫畫。」眼睛還是沒有轉開。

白了他一眼。造型很漫畫？講話也太老派了吧？這樣還想跟女生搭訕？還有，是說鴨子很漫畫，還是說我很漫畫？莫名其妙。把頭轉向窗外，真的生氣了。

　　「才過了一個小時麼。幸福之旅沒有想像中好玩。」老熟男看著錶。

這句話聽的進去。我把頭轉回來，對他嗯了一聲。

　　「你都是隨身帶著它麼？」老熟男看著我的手。

奇怪了，還在說我的鴨子。難道不是要搭訕，是要把我當小孩？那也不可以，還是讓人生氣。我已經十七歲了。

　　「這樣罷。跟妳說個故事。反正時間多得很。」

哼。沒有錯，是把我當小孩；無聊自大，外加自說自話；明顯的後

「半衰期」特徵。不徵求別人同意就講故事？神經病！

　「你會喜歡聽的。我跟你講個老老王和老鼠的故事。」

老老王和老鼠？不嫌幼稚？算了。講就講吧。我又不能把耳朵摀起來。

2

　老老王是個畫漫畫的；沒有名氣，在一個漫畫工作室裡，給外國公司打工。也就是說，外國大漫畫家，畫出人物原型，老老王這些打工的，給人物加上後續變化。一本完成的漫畫書，到底是誰畫的呢？以創意來講，當然是大漫畫家。以比例來講，老老王這些打工的，可是勞苦功高。至於說，老老王畫的好不好？嘿嘿，畫的還真好，真熟練！只是沒有才氣，只能照著原稿畫。對了，這種情況，對寫書法的人而言，有個現成說法，叫做臨摹－要他寫自己的樣子麼，寫不出來；臨摹古人書跡，倒是能夠惟妙惟肖。藝術的道理都相通。凡是涉及才氣的事，最好早早看清事實，早早認命。老老王很認命，知道自己的能力。況且，他似乎樂在其中。畫著畫著，都可以笑出聲；「太好笑了」是老老王的口頭禪。他的自得其樂，很能熏染人；工作室裡的夥伴，都很喜歡老老王。

　老老王的稱呼，當然起因於他很老。多老呢，其實也還好，也就是五十多罷。但是在畫漫畫這個行業裡，算是老的不行了。這個行業，多半是二十出頭的毛孩子。那個年齡的人，容易窮開心；容易把米粒大的事情當理想。五十多了，還畫漫畫，還開心成那個樣子，就有點異數。孩子夥伴們，不好跟他平起平坐，就喊他老老王－比老王

還老一點。孩子們喜歡瞎鬧，他也就隨他們去。

　　畫漫畫是特別的工作。很多人不看重它，認為它在藝術的行列中，非常邊緣；難登大雅之堂。漫畫的內容，都是荒誕無稽的事情。以常人眼光而言，根本就是幼稚。可是，看漫畫的，可不是幼兒稚兒而已。很多成年人喜歡漫畫。可見成年人也喜歡荒誕無稽，也喜歡幼稚。幼稚的相反，就是成熟。成熟是辛苦事；很多成年人在成熟的面具下，辛苦久了，都想逃到漫畫世界裡，休息休息，享受片刻的輕鬆。

　　其實，老老王的工作很不錯。別人的片刻享受，是他正常正經的日子；他每天都在「太好笑了」裡面度時光。古人說「近朱者赤，近墨者黑」。老老王整天畫漫畫，一畫幾十年，樣子也像了漫畫人物；個頭細長，臉上總是有笑。老老王很早就結婚，他的老婆，也是愛笑的人。不過，老老王雖然喜歡笑，但是不多話－只是三不五時冒一句「太好笑了」。他的老婆可不是，跟誰都投緣。任何大小事，都能讓她笑不可遏。興奮起來，說「花枝亂顫」都不貼切；她的個頭小，外加圓滾滾，愛穿顏色鮮豔的衣服。一面笑一面叫的時候，活像一隻亂蹦的小火雞。那個大嗓門，那個精力充沛，可是相當的不多見！

　　老老王跟老婆交往，不能說很浪漫。當年念美術職業學校，兩個人同班。一年級剛開學，大家都還不認識。老師帶著他們，去參觀一所著名大學美術系。那時候年輕，清純的很。同學們看看這個，看看那個，不斷發出「哇－」的聲音。對於美術這一行的頂尖學府，既沒有羨慕之情，也沒有嫉妒之意；一切都新鮮，一切都好玩。「哇－」

了幾次以後，大家也不認真參觀了，注意力跑到那個「哇－」字上面去。老老王發現，大家一起「哇－」的時候，有人聲音特別大。並且，還夾著小鈴鐺一樣的笑。老老王很驚奇，怎麼有人可以笑的像小鈴鐺呢？簡直像是小鳥唱歌麼。他特別墊起腳看，是誰呢？就這樣，老老王注意到那隻唱歌小鳥－那隻圓滾滾的彩色小火雞。

老老王從小就愛畫漫畫。他追小火雞的時候，常常給她寫信；信後面附著漫畫，塗上鮮豔的顏色。一段時間後，小火雞越看越有興趣，老老王越畫越有心得。最後，兩個人就出雙入對了。

小火雞的媽媽，是個成熟世故的女人。眼看這兩個小頑皮，嘻嘻哈哈了兩三年，不是辦法。一天，她把老老王叫去，帶他去吃廣東飲茶。吃完了兩道點心，開門見山地問到：
「喂！你們交往很久了，怎麼樣啊？」
「很好啊。」老老王笑著說。
「很好不行，要有個交代。」
「膠帶？膠帶我有。3M的行不行？美國牌子。」
老老王去翻他的書包。
「好！還耍貧嘴。是問你們要不要結婚啦。你們要是不結婚，我可受不了！你要是對不起我女兒，她可受不了！」
老老王連著聽了兩次「受不了」，有種奇異的感覺；好像自己很有份量，很能影響他人。
「嗯。那就結婚罷。」老老王像個小大人一樣，神氣的說。
「什麼時候？」
「嗯。明年，畢業了以後罷。」老老王笑著說。

「明年？明年很遙遠。畢業了很危險。可能生變！今年先訂婚！」

「嗯。今年先訂婚。」老老王的笑容依舊。

也就是這麼回事。一個成熟世故的女人，讓老老王吃了兩道點心，他就作了人家女婿。結婚那年，老老王還不到二十一歲。自此以後，那個成熟世故的女人，人前人後都喊他小瓜呆。她說，金龜女婿容易找，小瓜呆不容易找。

老老王的婚姻，可以說是很幸福。他們一直沒有小孩，家裡不算熱鬧。但是沒關係，因為夫妻兩個就是小孩。幾十年來，他們親親抱抱的時候，都像小豬那樣碰鼻子。老老王在畫桌上，有自己的漫畫世界。下了畫桌，有另外的漫畫世界。那個世界裡，小火雞跟他辦「家家酒」。只是歲數大了，小火雞的號數，大了好幾號。

美術學校，是老老王和小火雞的定情處，是他們記憶中不會磨滅的部分。幾十年前，重視傳統，重視基礎訓練。美術學校的課程裡，人體素描受關注。那些人體模特兒有男有女、有老有少。他們先在另外的房間脫衣服，圍上一條大毛巾；走進素描教室，再把大毛巾拿下來。對於十幾歲的孩子而言，這種事情有點難為情。但是，在老師嚴肅的誘導之下，大家都很快進入了狀況。唯一不進入狀況的，就是老老王。他從頭到尾都不適應。看見模特兒進來，他就開始冒汗；模特兒把毛巾拿下來，老老王的臉就紅了。如果是女的模特兒，那更是不得了，連脖子耳朵都紅。這件事情，立刻被小火雞發現。她大聲笑著叫著「臉紅了！臉紅了！」結果，這個尷尬場面，反反覆覆了兩個學期。老老王完全不能接招，每次都生硬的回一句「太好笑了」。他的那個口頭禪，就是在素描教室裡養成的。

　　人體素描課，被老老王弄得一團糟。同學們總是等著看「小兩口」的熱鬧，甚至有一次，一個年輕女模特兒也跟著起鬨。她光著身子，走到老老王面前；雙手叉腰，低下頭問老老王：

　　「這位同學，什麼太好笑了？我長的太好笑了？嗯哼－嗯哼－？」那個樂子就不用說了。他們班的畢業紀念冊中，有九個人記上這一段；有五個人畫了插畫。美術學校的學生很會畫畫的；任誰一看都知道，那個在裸女面前臉紅的，是老老王。這件事情，讓老老王進入了美術學校的校史。「小兩口」的互動模式，也就這樣建立起來。

　　那間美術學校，很出一些人才。除了幾個知名畫家以外，老老王有個同學，也算拔尖，做了大學教授。那個大學教授，留著八字鬍，很有威嚴。嚴肅的外表下，喜歡幽默。他國外留學，通四國語言；但是從來不笑，有些冷面滑稽的味道。教授不笑的原因是什麼，沒有人真正知道。有人說，跟他的家庭背景有關；他出身書香門第，祖上做過好幾代京官。家教嚴謹，所以不苟言笑。也有人說，跟他的學術背景有關；他在國內、外學府轉了一大圈，不為顏如玉、不為黃金屋，完全是貴公子遊學氣派。因為專志於精深學術，所以不苟言笑。不管怎麼說，他是老老王的好朋友，最喜歡跟老老王聊天。兩個人的友誼，維持了幾十年。他們聊天，還有個固定的開場白：

　　「還是你們好。日子輕鬆舒服。」教授說。

　　「還是你們好，有身份掙錢多。」老老王說。

這個對話，在他們之間，重複了不知多少遍。教授說的是真心話，老老王說的是不是真心話？只有他自己曉得。教授很博學，沒有輕視過老老王的職業。他在藝術理論上，堅持「藝術起自於民間」；認為民

間藝術相對於學院藝術，總是居於啟發者位置。他還指導過一篇討論漫畫的碩士論文。那篇論文在當時，頗受爭議；很多人認為，把漫畫弄到學術上去談論，是對學術的「大不敬」。

有一天，那個不笑的教授，請老老王吃飯。吃完飯，到老老王家裡聊天。當然，「誰過的好」，還是重要話題。

「真是過了多年的舒服日子啊。對了，你畫漫畫這麼久，個性很受影響罷？」教授問老老王。

「嗯。應該是的。你看呢？」老老王笑著說。

教授把身體埋進沙發，拿出漂亮的小皮包。他打開皮包拉鍊，掏出一隻石楠木菸斗；又抓出一把菸草，猛力塞進菸斗裡。

「一定要猛塞。猛塞，才會上緊下鬆；在斗的下面，形成小空間。容易燃燒。」教授答非所問。

老老王不抽菸，但是喜歡看教授抽菸斗。他覺得，這個老朋友的形象，也是漫畫好材料。

「我看啊？我先問你一個絞腦汁的問題。」

教授吸了一口菸，把眉頭皺起來。

「請問。漫畫除了嬉笑怒罵，取眾生相於社會，還有什麼祕密麼？為什麼學院藝術家反映社會，就搞到很嚴肅？搞到不好笑呢？」

「那是藝術形式的問題。漫畫的技巧，歸根結底就是誇張。人物和情節一誇張，就好笑了。」老老王笑著說。

「你的意思是，畫漫畫的，不搞寫實主義？」

「絕對的誇張，絕對的不寫實。真實的東西，有什麼好笑？」

教授聽到後半句，嗆了一口菸。他趕緊把菸斗從嘴裡拔出來，仔細想著老老王的話。這個老同學，好像什麼事情也沒說，好像又說了很多

事情。

「那麼，畫出誇張的人物和情節，線條很重要罷？線條會說話的。」

「那倒是。漫畫線條最像寫篆字；線條本身圓柔沒個性，適合造型；多誇張的造型，都能表現的很好。像是隸書、楷書線條，本身強烈有個性，不能任意彎曲，就不適合於漫畫。對了。你記得我以前愛寫篆字麼？」

教授把菸斗放在小几上，拿出筆記本，寫了一行字「廟堂閭里，相互影響」。

「我問你。畫漫畫之前，有沒有想過做點別的事？」

「哈哈。做什麼事呢？人各有志罷。」老老王的嘴咧的更大。

「人各有志。那倒是。不過，我總覺的，你除了愛說『太好笑了』以外，腦子裡，還有點什麼別的東西。不止是『圓柔沒有個性』。有時候，…我不大認識你。」教授又開始皺眉頭，開始吸菸。

「太好笑了。你不認識我，剛才請我吃飯？點那麼多菜？」

「哎呀。那是套交情，準備從你這裡挖點貨麼。」

在菸霧瀰漫的房間裡，兩個人繼續講著。教授沒有注意到，老老王笑成 U 字的嘴，有一點下垂。

教授的話，影響了老老王。那天以後，老老王開始喜歡回憶；喜歡回憶那間美術學校。一個悶熱的下午，老老王正在家裡畫畫；又想起美術學校，想起小火雞和其他同學。想著想著，思緒轉到那門人體素描課，轉到那個讓他臉紅的模特兒。他想到她的身體，想到她說「什麼太好笑了」。是啊，什麼太好笑了？自己說了幾十年的話，難道是毫無意義的麼？幾十年前，那個女模特兒，就覺得他說話沒有意

義麼？老老王是個藝術家，腦子裡快速閃爍著各種畫面：他覺得，他像是漫畫裡的可笑老鼠，也像是籠子裡的試驗老鼠。他的那句「太好笑了」，是被訓練出來的，是制約反應下的結果。什麼制約反應呢？什麼情境下，就會冒出那句「太好笑了」呢？是不是自己長期被控制、被催眠了呢？老老王想了又想，想的頭疼，就在畫桌上昏昏的睡去了。…

老老王常常做夢，夢裡充斥著漫畫式的笑聲。但是，這次的夢，非常不同。夢中，老老王準備洗澡－在浴室裡把衣服脫了，對著鏡子看自己。鏡子裡，有一張臉孔對著他笑。耳邊響起教授的話：「有時候，我不大認識你」。他搖搖頭，嘆了口氣。是嗎？不認識我？怪事了！老老王發現，鏡子裡的那個人，沒有歎氣，沒有搖頭；始終是張笑臉。他把臉轉過去；踢翻了地上的臉盆，發出好大聲響。慌亂中，老老王看見鏡子對面的牆上，掛著一張相片。相片中的自己，也是一張笑臉。是反射麼？不對啊。浴室裡怎麼掛著相片呢？老老王彎下腰，去撿臉盆。再抬頭看鏡子，發現鏡子裡的人，戴著「小花臉」京劇面具，正要把面具從臉上摘下來。接著，他聽到小火雞跑進浴室裡的聲音，笑著叫著：

「嚇我一跳。怎麼回事啊？」

老老王蹲在地上，把臉蒙起來，大聲喊：

「不要進來！不要進來！不要你看見我的樣子！」

小火雞不笑了。老老王從指縫往外看，看見小火雞蹲在對面，手裡拿著一面鏡子，老老王不敢看那面鏡子。他只看到，小火雞也戴著「小花臉」面具，也正要把面具摘下來。

老老王出了一身汗，醒了過來。他揉揉眼睛，發現畫桌上有點凌亂，還攤著好些漫畫小稿。有幾個人物，還沒把五官填上。老老王不在意這個夢。他認為，做這種夢，是畫畫太入迷的緣故。後來，這個浴室照鏡子的夢，老老王做過好幾次。每次醒的時間點不同，不過每次都出了一身汗。

3

七月一號，是老老王生日，他五十五歲了。工作室的夥伴，給他慶生，請他夫婦吃飯。地點，在一家新開的複合式餐廳；在那裡，道地的南北菜餚，可以同時上桌。既然是慶生，吃什麼當然以壽星意見為主。可是，老老王沒有意見，小火雞的意見，可以完全代表他。小火雞愛吃，不挑食。不過說到適口，她喜歡吃甜。似乎愛笑的人，多半都愛吃甜。笑和甜之間，有些因果關係。

所以，老老王的慶生宴，就以滬菜和粵菜為主了。小火雞對於菜色很滿意，還發表了關於吃甜的經驗談。她先吃了一口東坡肉，嘟著嘴說：上海菜本來不甜，還很重鹹口。但是上海蘇州人多，勢力大。上海菜甜了是受蘇州菜影響。接著，她又嚼了塊肥叉燒，說廣東菜也不甜；甜的是燒烤部分。廣東地處嶺南，根本不吃燒烤。燒烤是清朝時候，滿洲人從北方帶去的。廣東人最重養生，怕燒烤食物火氣大，才弄成甜口。說完，又燒也嚥下去了。大家一陣鼓掌，表示吸收了難得的「吃經」。

那天，一桌口味偏甜的菜，達到賓主盡歡的效果。除了主客夫婦

外，一群小朋友，也吃的不亦樂乎。可能是年紀輕，兒時的嗜甜記憶，尚未遺忘。吃到最後，當然是不能免俗的蛋糕時間。當小火雞叉起一塊蛋糕，塞進老老王嘴裡的時候，一個梳辮子女孩，露出戲劇化的神情叫到：

「老老王！你們好－甜－蜜－喔。好－幸－福－喔。」

大約是過生日的關係，都已經五十五了；老老王心裡正轉著好多事呢，猛然聽見說他「好幸福喔」，竟然回了一句「太好笑了」。空氣，有那麼百分之一秒的凝結。接著，大家就恢復了說笑。那桌飯，就在此起彼落的「好幸福」聲中，結束了。

餐廳離家不遠，老老王想走路回家。夫妻兩個人手牽手，遛馬路。經過一家超市的時候，他們決定進去逛逛，採買一些明天吃的生鮮。小火雞很快找到小推車，準備購物去。

超市裡燈光明亮。老老王東看西看，心情很不錯。原來，他最喜歡逛超市；喜歡看各種罐頭。老老王覺得，罐頭是讓人開心的東西；食物藏在裡面，看不見，誰也想像不出它的真實樣子。加上五顏六色，體積小，各種罐頭堆在一起，真是賞心悅目。喜歡罐頭，可能跟他學美術有關；可能跟他的漫畫色彩有關；也可能…反正，老老王在罐頭食品區，待了五分鐘；對著罐頭笑。對老老王來講，保持笑容，是一種道德問題。

除了罐頭，老老王還喜歡看海鮮。關於海鮮，他可是有獨特見解。他認為，水裡的東西，活的和死的分不出來；它們的眼睛，照樣圓鼓鼓，只是不動而已。怕看死了的東西？還是不忍看死了的東西？

老老王不曾多想。也許，他的漫畫世界裡，沒有死亡。冷氣有點太過。老老王下意識地抬起頭，去看天花板。他看見擺滿乳製品的冷藏櫃頂上，有一個東西在動。老老王仔細看，是什麼呢？原來是一隻小老鼠！超市標榜現代化購物，裡面怎麼會有老鼠呢？老老王的第一個反應，是有些生氣。他很想大聲叫一聲「有老鼠」。結果，他沒有這樣做，只是靜靜的看著那隻老鼠。

　　那隻老鼠體型小，也許年紀也小？老老王以美術角度，研究著老鼠的身體比例。老鼠抽動著鬍鬚，望著老老王，一動也不動。嘿。這倒是很特殊，不怕人。是超市裡人多，習慣了？還是，知道我是畫家？準備擺個模特兒姿勢？老老王說了一句「太好笑了」，走近一步，有點挑興的意味。小老鼠還是看著他，沒有反應。老老王乾脆走到冷藏櫃前面，仰著臉和小老鼠打招呼。
　　「你好嗎。小老鼠。」
他小聲吹著口哨，觀察那隻老鼠。老老王注意到，那隻老鼠，和他漫畫裡的老鼠很不一樣。它的臉不夠圓，眼睛不夠大，耳朵太小，身體太瘦。總而言之，就是不可愛。
　　「真實的東西，有什麼可愛？」老老王說完，遲疑一下。
這句話有點耳熟，好像在什麼地方聽過？他看著老鼠發呆，想著真實與不真實的問題。等他回過神來，那隻老鼠還在看他。這一次他注意到，老鼠的眼睛雖小，卻是很亮。老老王盯著老鼠的眼睛，進入一個微妙的世界；他的眼睛離不開小老鼠，小老鼠也不迴避他眼神。看著看著，老老王突然驚了一下：一隻不會笑的老鼠！它和漫畫老鼠的最大不同，不是不夠可愛，而是沒有張開嘴笑！
　　「哈。一隻不笑的老鼠。」老老王自言自語。

後面有人撐了他一把。原來小火雞推著小車，站在旁邊，車裡裝滿了食物。

「找不到你了，到處亂走。」

老老王噓了她一聲。指指冷藏櫃上面。

「小聲講話。妳看，有一隻小老鼠。」

「啊。真的，怎麼會有老鼠呢？喂！喂！服務員，你看這裡有老鼠！」

老老王想阻止，已經來不及。小火雞的大嗓門，立刻引來了一個女服務員。

「你們這裡怎麼會有老鼠啊？」小火雞說。

「你也看到啦？它在這裡很久了。我們還擺了藥呢，它也不吃。看到那個小藥盒了麼？」服務員長的很可愛。

「啊。要把它毒死。」老老王說。

「是啊。賣場裡放個捕鼠籠子，總是不像話。放隻貓就更可笑了。你說對罷？」

大家正說著呢，小老鼠抬起頭，四下聞聞，轉過身，離開了。

「啊。後面有個洞！它跑了。」小火雞說。

「對啊。有個洞。還有啊，牠從來不跑，牠只會慢慢的晃悠，悠閒的很。牠可以做我們超市的招牌鼠。」服務員做了個滑稽表情，也離開了。

老老王夫妻面面相覷。超市裡有老鼠，不對的。被服務員一說，倒成了趣事。

「你看。本來要罵她一頓的，沒處下嘴了。怎麼樣？很可愛罷？超市裡的老鼠。可以畫到漫畫裡？」小火雞笑著問。

老老王嗯了兩聲，喃喃的說到：

「不笑的老鼠。畫不進去。」

藝術家的心理，本來就細緻。有了歲數，更是多感。過生日以後，老老王常去那家超市看老鼠；有時候看的到，有時候看不到。看不到，他在超市轉兩圈，也就回家。看到了，他就在冷藏櫃旁邊，跟小老鼠對望一會兒。那隻不笑的老鼠，可以讓老老王進入神遊狀態。那種狀態中，老老王覺得，可以休息休息，享受片刻輕鬆。可是，一隻老鼠和這種種的風馬牛之間，怎麼會有關聯呢？難道平日裡，他不能休息？不能輕鬆？老老王弄不清楚這些。但是，他喜歡老鼠帶給他的狀態，他需要那種狀態。他給老鼠起了個漫畫式的名字，「鼠妹」。

自從看見「鼠妹」，老老王的腦子裡，出現一個神奇小角落。角落雖小，卻有些份量。老老王每次發呆神遊的時候，就進入那個小角落；與「鼠妹」一起輕鬆休息。老老王很想知道，小角落是怎麼回事？一隻不笑的老鼠，啟動了他哪根筋？這個時候，小火雞不是分享的對象，只有教授可以聊一聊。這個時候，讀書人才顯得略有一些用處。

跟教授來往，不必拘泥形式。但是，他們還是在外面約了吃午飯。吃完飯，教授付賬，老老王又跟服務員要了茶，沒有要走的意思。

「怎麼樣？菜還可以？」教授問。

「很好。你知道我不會吃，怎麼樣都好吃。」

「嗯。那倒是。太座可好？她可是愛吃，會吃。」

老老王笑了笑。沒有接那個話題。

「有事啊？」老朋友了，相當有默契。

「嘿嘿。跟你說個事情。」

老老王喝了一口還沒泡開的茶，教授張大眼睛瞪著他，等待著下文。

「我啊。在超市看見一隻老鼠。很有感觸。」

「對老鼠有感觸。嗯。快樂的感觸，還是不快樂的感觸？」教授拿出他的菸斗。

「想到老鼠很快樂。但是，想到為什麼…會因為老鼠而快樂，就有些不快樂。那隻老鼠不笑。我常常去超市看看它。」老老王說。

聽到不笑的老鼠，教授好像很感興趣。他橫過桌子，把手放在老老王的額頭上，試了試熱度。

「還好。你繼續說罷。」

老老王聳聳肩，表示沒什麼可說的了。教授噴了兩口菸，關心的看著老老王。

「你看見了不笑的老鼠，想到一些事情，讓你不舒服。老同學。真實世界裡，老鼠都不笑的。只有你漫畫裡的老鼠才笑。你的感觸很奇怪，知道麼？你有那種感觸，表示你有精神病。」教授把身體往前移動一點。

「那麼嚴重？」

「沒有。開玩笑的。」教授把身體往後移動一點；菸斗握在手裡，準備給他老同學，一點睿智的啟發。

「這樣說罷。老鼠不笑，因為它們沒有進化到會笑的地步。生物中，應該只有人會笑。當然，我是不笑的。不要把我跟老鼠比較。」

「我知道你不笑。你說說人為什麼會笑罷？大教授。」老老王笑了。

「嘿。人的笑，可是複雜。基本上，可以分為真笑和假笑。先說

真笑。人真笑的時候，多半是幸災樂禍，看到別人受傷害；比如說，踩著香蕉皮啦，撞著電線桿啦。以此類推。那可是人類發自內心，至情至性的笑啊。很恐怖的！你看看喜劇、鬧劇，也就明白。對了，漫畫裡的笑點，不都是有人倒了霉麼？你應該很清楚。」

「是麼？我只是覺得好笑。我沒有這樣想過。」老老王眼神有點空洞。教授斜著眼睛看老老王，有點不相信他的話。畢竟都快六十的人了。

「再說假笑。假笑有攻擊性和防守性兩種。攻擊性假笑，是恐嚇別人的一種方式。聽過笑比哭難看麼？這種攻擊性的假笑，很具動物性格。說白了，就是齜牙咧嘴啦。懂麼？動物露出牙齒，都是為了嚇唬對方。人類也會這套，並且施展起來，更為藝術化。很惡劣的！你看流氓對你笑，政客對你笑，推銷員對你笑…你自己想罷；都是不懷好意的笑。所謂皮笑肉不笑，所謂笑裡藏刀，所謂笑的你頭皮發麻，是也。」

教授哼了一聲，盼望老老王對他的拽文，有一些崇拜的回應。可是老老王沒有回應，眼神更加空洞起來。教授繼續講：

「所謂防守性假笑呢，多半是敷衍別人的手段；也就是說，笑的人根本不想笑；但是笑一笑，表示一種隨和的呼應，一種消極的抗拒。很虛無的！這種假笑很沒有意義；只是出於無奈，不得不笑。」老老王聽到沒有意義幾個字，覺得喉嚨很乾澀。

「難道，就沒有純真善意，沒有心機的笑麼？」他沮喪的說。

「有。嬰兒的笑。」教授噴了一口菸，表示做出總結。

「你真是不簡單。教藝術的教授，這麼廣博。」

「不要看輕藝術。藝術是人類精神文明的具體呈現。所有跟精神有關的人類現象，都為我所關心。」教授嚴肅的說。

「所以,老鼠不笑,是正常的。你愛笑,也是正常的。」
又補充一句。老老王覺得,他被這個不會笑的教授,打了一棒子。本
來要跟他說「鼠妹」的事,結果什麼也沒說;反倒讓他做了心理分
析。並且,自己正常還是不正常,也弄得有些不清楚了。

4

「鼠妹」很奇異,教授很犀利。但是,「鼠妹」和老老王之間,
沒有靈異事件,沒有不倫之戀。如果以為,「鼠妹」如何擾亂了老老
王的生活秩序,那就太誇大其詞了。一個人笑了五十多年,也是夠堅
韌。什麼事情,不能隱藏在笑容後面?何況一隻老鼠?一隻老鼠代表
的模糊意義?漫畫世界,小火雞世界,繼續運作;老老王也繼續笑,
繼續說他的口頭禪。只是,想去看「鼠妹」的衝動,始終真實。想跟
教授聊「鼠妹」的衝動,也始終真實。不過對於教授那一部份,老老
王很能把持,趨於保守。他沒有再跟教授提起老鼠;因為,實在…涉
及了男人的尊嚴問題。

日子過的與往常一樣。到了聖誕節,老老王放下一切,跟小火雞
出國旅遊去了;原因是,生日那天的超市發票,竟然中了特別獎!獎
金額度不低,足夠讓他們好好玩一趟。出國旅遊不容易,當然要盡
興。至於說什麼叫做盡興,那就因人而異。對於以古跡景點為主的文
化導覽,小火雞沒意願。一來跟生活距離太遠,二來小火雞心寬體
廣,走景點,有些力不從心。最終他們決定,來個美食遊罷。到了國
外,住進旅館,就開始研究吃什麼。五天四夜,一天幾頓,把區域性
的風味菜餚,算是吃了個遍。回國的前一天,大概有點吃累了;小火

雞想要動一動，解放一下體力。他們在兩頓大餐之間，到當地最大的遊樂場玩耍。遊樂場設備周全，不是只有小孩子，很多大人也在那裡，休息休息，享受片刻的輕鬆。小火雞開心極了，玩了一項又一項；看到摩天輪的時候，又叫又笑，簡直不能克制。摩天輪開動了；隨著震耳欲聾的音樂、笑聲和上下旋轉，老老王在座位上有些發冷。他發現，他被周圍的歡樂包圍著，也被深沈的孤單包圍著。老老王覺得頭暈，他的笑容，從臉上漸漸消失。在一次往下沈的時候，老老王昏過去了。昏迷中，他想起「鼠妹」。又轉了幾圈，摩天輪停止。大家都意猶未盡的喊刺激，老老王醒過來。小火雞轉過頭，笑著對他說：

「好玩罷？」

「好玩！太好笑了！」老老王虛弱的回答。

旅遊令人開心，也令人疲憊。回來以後，還沒等生活上軌道，老老王就急著想去超市看老鼠。他一個人去了幾次，沒見到「鼠妹」蹤影，忍不住心裡犯嘀咕。一個晚上，他跟小火雞手牽著手出門；在超市轉了半天，找到可愛的服務員，老老王小聲打聽：

「那隻小老鼠呢？」

「不見了。」服務員輕巧的回答。

「把它藥死了麼？」小火雞大聲說著，幾乎要掉眼淚。

「應該不是罷。那盒藥始終沒有動過。前幾天，是我拿走藥盒的。你看罷，盒子也沒有了。」服務員用嘴巴指了指冷藏櫃上面。

「啊。沒有了。」老老王淡定的回答了一句。

那個「鼠妹」，就這樣消失了；在老老王旅遊的時候，永遠不見

了。老老王的淡定，沒有維持很久；老鼠可能死掉了？永遠看不見「鼠妹」了？這些事在腦子裡迴旋幾天後，老老王開始有些慌張，甚至慌亂。不過，這種慌亂，也沒有維持很久。因為有一天晚上，那個在浴室照鏡子的夢，又出現了。這一次，浴室裡沒有鏡子，沒有臉盆，沒有小火雞。什麼都沒有，只有滿地的京劇面具。老老王在面具中小心的走著，想著每個面具的意義。他看了又看，找了又找，怎麼沒有那個可笑的「小花臉」呢？最後，他在浴室的角落裡，找到了「小花臉」。他正準備過去，那個面具，竟然自己移動起來。老老王偷偷走到面具旁邊，把「小花臉」翻過來。哈哈。原來面具後面躲著一隻小老鼠。眼睛黑黝黝的，不是「鼠妹」是誰呢？老老王笑著醒了。這個夢，可是從來沒有笑醒過。夢見「鼠妹」以後，老老王冷靜下來。他決定不再迴避，要把這些事情的前前後後，理出個頭緒。

也就是兩三天的時間罷，老老王集中精神想「鼠妹」；結果，想出一些奇妙的畫面。這些畫面，荒誕無稽，大概只有他自己可以了解。事實上，老老王不大會想事情，特別是抽象的思考。他的辦法，是拿起紙筆，開始工作；把腦子裡的東西圖像化。畫著畫著，紙上的圖像有形狀了，有意義了；甚至有連貫性了。老老王畫了一張又一張，進入了漫畫的世界。在一疊厚厚的漫畫中，老老王看見一間華麗的房間。窗子上掛著布幔，屋頂吊著水晶燈。牆壁上，貼著鑲金邊的綠色壁紙。地面上，堆滿了各種玩具，幾乎無處落腳。看起來，房間的主人是個小孩。房間的正中央，有一面漂亮的穿衣鏡。鏡子旁邊，散落著很多京劇面具。老老王走到鏡子旁邊，拿起各種面具，對著鏡子擺姿勢。他很喜歡這個遊戲，但是，沒有喜歡的面具。一抬頭，他看見鏡子的邊角上，掛著個京劇「小花臉」。老老王喜歡這個！他戴

起面具，對著鏡子照。太好了！「小花臉」的笑容，在鏡子裡那樣迷人。老老王像是小孩一樣，在鏡子前面跳著、笑著。忽然！老老王發現，他被吸到鏡子裡去了！他在鏡子裡面，向外面看著整個房間！老老王想要叫，叫不出聲。因為他被壓扁了。他就那樣扁平的貼在鏡子裡面；帶著「小花臉」，看著地上的各種面具。

　　老老王貼在鏡子裡，不知過了多久。房間的主人進來了，原來是個沒有數字的小鬧鐘。小鬧鐘進來，找到一個老鼠面具，把它帶上；走到牆邊邊，把水晶吊燈關了。沒有光線，鏡子就不作用了。老老王咕咚一聲，從鏡子裡面掉出來，摔在地上。他趴在地上休息著，感覺到未有過的輕鬆。一段時間以後，小鬧鐘打開燈，把老鼠面具拿下，走出去了。燈一打開，老老王又回到鏡子裡面，扁平的貼在那裡。這種吸進鏡子，從鏡子裡掉出來的模式，隨著小鬧鐘的進出，週而復始的輪迴著。老老王渴望永久的輕鬆，永久的休息；他在掉出鏡子的時候，問那個小鬧鐘：

　　「小鬧鐘。你可不可以，進來了就不要出去？」

　　「不可以。鬧鐘麼。我的使命，就是進進出出的召喚你。」小鬧鐘說。

　　「那麼，我怎麼樣，就不會再被吸進鏡子裡？」

　　「面具拿下來，就不會吸進去。」小鬧鐘說。

　　「現在，我可以拿下來麼？」

　　「不可以，進來這個房間就要戴面具，我不是也戴著面具？」小鬧鐘說完，準備要開燈，離開房間。

　　「等一等！等一等！什麼時候，我才可以把面具拿下來？」老老王問。

小鬧鐘把老鼠面具拿下來，找了一個「鍾馗」的面具戴上。

「等你離開這間房間的時候，你就可以拿下來。」

「我現在就想離開。」老老王大聲說。

「你不會想離開的。你離開的時候，有兩個穿黑衣服的兔子，會把你抬出去。它們的動作，可是很粗魯。」

小鬧鐘把「鍾馗」面具摘下，換回老鼠面具。

「這個房間裡的規矩很大，說什麼事情戴什麼面具，是一定的。」小鬧鐘在黑暗中說。

老老王結束工作，對於「鼠妹」，有了漫畫式的理解。至於說，鏡子裡鏡子外，哪一個世界更真實？老老王想不明白。開了燈關了燈，什麼時候他更清醒？老老王也想不明白。不過，那些事情都不是問題。眼前的問題，是戴面具的小鬧鐘不見了；沒有人能召喚他，出入那面鏡子了。老老王不會被這個事情難倒。因為。這個問題的解決方法，實在太簡單。鬧鐘不見了，買一個新的就好了。看起來，老老王這樣盤算，也是個無情的人。東西不見了，也不找找，就想換新。其實老老王不缺感情，也很懷舊。雖然說換個新的，不是原來那個牌子，那個型款，他還不要呢。老老王從五斗櫥裡，翻出一條手帕，做了個布老鼠。

美術是造型藝術。掌握技術之後，如何做出形狀，都是一樣的。老老王手巧，他把手帕打了幾個結，一隻老鼠出現。老老王拉緊了幾個地方，老鼠變得瘦小一些。他拿出馬克筆，在老鼠臉上點了兩點，像是真實老鼠的小眼睛。眼睛下面，他畫了一個圈，像是真實老鼠的小鼻子。最後，他用馬克筆，在那個小鼻子下面，畫上一條線。他瞇

著眼睛，小心的畫著，不讓那條線向上彎。結果，那條線有點向下彎－出現一隻不笑的老鼠。老老王左右端詳著畫好的布老鼠，感覺很不錯；「鼠妹」回來了。

5

　　有了布老鼠，鏡子的裡外世界，重新建立管道；老老王愜意的活動其間，暢通無阻。幾個月下來，他難得的重了三公斤。老老王對布老鼠極為滿意，他甚至以為，布老鼠比真老鼠還要好。以前為了看「鼠妹」，需要跑超市；每次都會買點不必要的東西。現在這個布老鼠，沒有這種麻煩；能夠永遠待在他身邊。把它放在哪裡，它就在哪裡。有了布老鼠，老老王發呆神遊的時間，顯著減少。因為那個神奇小角落，落實在他的眼前了。老老王的感覺沒有錯，他不讓那隻布老鼠離開視線。工作時候，他把布老鼠放在畫桌上，讓布老鼠和漫畫中的老鼠對看。睡覺時候，他把布老鼠放在枕頭旁邊，讓布老鼠隨他入夢，免得夢中充斥漫畫式的笑聲。站起來活動的時候呢，老老王就把布老鼠塞在褲子口袋裡，露一截在外面，好像是老鼠尾巴一樣。有人看見了，笑他衣衫不整。老老王總是這樣回答：

　　「太好笑了。裝個洋派麼。我去外國旅行，看見不少老外都這樣。手帕露在口袋外面，算是個造型。」

老老王是藝術家，藝術家本來就要作一點怪的。因此，大家也就習以為常。至於小火雞，她更不在乎老老王那樣揣著布老鼠。只是輕描淡寫的說過幾次：

　　「這麼老了，還要個小布偶捏著呢。」

有了布「鼠妹」，老老王的膽氣也大大不一樣。他準備要跟教授舊話重提，找回點男性尊嚴。一個禮拜二，他給教授打了電話，表示要請吃飯。教授是個聰明人，腦子裡轉了好幾轉：奇異了，這麼多年來往，哪一次吃飯不是我買單？怎麼要請客了呢？有什麼大事要商量麼？難不成老鼠的問題，還沒有解決？上一次談老鼠的事，對他刺激太大了？這個同學，是個老好人，就是…軟弱一些。也許講話太嚴肅？借題發揮的地方太多？教授接受了邀請，不過心裡有些不踏實。

當天晚上，教授穿著西裝，打著領帶，謹慎赴約。兩個人在一家歐式餐廳見了面。地方不錯，只是兩個老男人吃西餐，有那麼一點點的怪。老老王吃了奧地利燉肉，教授吃了五分熟的牛排。教授為了身材，把蛤蠣濃湯和牛油麵包，給了老老王。老老王不愛吃蔬菜，教授包辦了兩份沙拉。吃完了飯，兩個人都要了黑咖啡。

這一天，他們沒有把「誰過的好」作為開場白。老老王直接把布老鼠拿出來，放在桌上，很有一點要攤牌的架式。
「你知道我愛笑，笑了一輩子。」老老王笑著說。
教授把手抱在胸前，看著桌上的布老鼠。這個老老王，今天準備回敬什麼呢？
「跟你正相反。你知道我不愛笑，在學校裡，你什麼時候看過我笑？」
「沒有看過。」老老王笑著說。
「說真的。我五十歲以前，根本不會笑。五十歲以後，還是不會笑。喂！你到底想要說什麼？」教授皺著眉頭，把雙手抱的更緊一點。看起來，比平日更有威嚴；也許想藉著威嚴，應付這個古怪場

面。

「太好笑了。」

老老王答非所問的回了一句。他指指桌子上的布老鼠。

「給你介紹介紹。它叫做『鼠妹』。看到我給它畫的臉孔麼？它不會笑的。放心，我沒發燒也沒精神病。關於『鼠妹』的種種，你上次發揮的很好。今天輪到我說，我跟你從頭說起：從超市裡的老鼠說到桌子上的老鼠。」老老王從背包裡，拿出厚厚一疊紙張，也放在桌上。

「這是我畫的漫畫。我怕講不清楚，我會一面講，一面告訴你漫畫的意思。關於小老鼠的所有事情，我都把它圖像化了，這樣比較適合我。還有，這疊漫畫稿，可以算是我的第一次個人創作呢。」老老王淡淡的說。

「好極了。你的第一次創作，就用在對我的輔助教學上面。很高興能夠躬逢其盛。」教授依然犀利。

「事實上，我很想聽你說老鼠的事。我一直覺得…」

「覺得，我除了愛說太好笑了以外，腦子裡還有點什麼別的東西。」老老王慢慢的，一個字一個字的，重複著教授以前的話。

「喔。記性很不錯。準備讓我認識你了？哎呀！還沒有打招呼呢。」

教授看著布老鼠，把兩根手指放在眉毛旁邊，大方的說：

「『鼠妹』，你好。」

那個晚上，兩個老同學，隔著桌子上的布老鼠和一疊漫畫，說了很長時間的－大概只有藝術家才聽的懂的話。只見教授抽了幾斗菸；老老王續了兩次水，外加上兩次廁所。他們坐在靠窗的位置，從七點

講到九點。九點鐘，客人陸續離去，餐廳把燈光調暗了。從窗子外面看，只見兩個人影，映在深黃色的毛玻璃上。拿著菸斗的，是個聆聽者；靠在沙發椅背上，默默吸菸。另外那一個，則是身體前傾，滔滔不絕的說著。還比劃著各種手勢。

牆上的時鐘，跳到十一個字。服務員暗示了幾次，老老王和教授，收拾好各人的東西，走出了咖啡廳；順著巷子，慢慢的移動著腳步。

「很好。今天，牛排烤的很好，『鼠妹』介紹的很好。還有，…你說給困在鏡子裡，那個部分也很好。很有深度。」教授伸了一個懶腰。

「深度？太好笑了。一隻布老鼠麼，談得出什麼深度？」老老王笑著，把布老鼠放進口袋。

「不是布老鼠問題，也不是什麼『鼠妹』問題。」教授搖搖頭，把菸斗放進口袋。

「這是一個象徵的世界。不是麼？」教授說。
「我不知道。至少對我們學藝術的人來講，象徵是很重要的事情。」教授嗯了一聲，兩個人也就互道晚安了。老老王走出巷子，橫過馬路，消失在街角。教授踱到一盞街燈下面。他的身影，在燈光下顯得碩長。在那盞街燈下面，他一個人，站了很久。

6

火車快要到終站，老熟男停止講話；從外套口袋裡，摸出一個漂亮包包。從包包裡，找出一隻菸斗。拿在手上把玩。

「不緊張。我不抽，只是拿一拿，抽菸不是好事。故事講完了。」

其實，我倒不反對他抽菸，我比他更需要抽點菸。因為，故事是講完了，我的「幸福之旅」也被毀掉了。這是我聽過，最難聽的故事－完全不知所云的爛故事。這種爛故事，講給一個小女生聽幹什麼？它和我的「幸福之旅」，有關聯嗎？當然了，成人世界裡都是這種爛故事，也說不定。我用力捏了一下小鴨，確定它不是老鼠。看到了嗎？這就是爛故事對我的影響。今天我算是倒了楣。對面坐著的老熟男，大概不是哲學家就是瘋子；我相信他是屬於後者。我不想多瞭解瘋子的事，我只有十七歲。

火車到了終站，我又開始煩亂；決定慢一點下車，免得別人以為我跟瘋子走在一起。還好，沒有什麼後遺症。老熟男對我點點頭，逕自站起來，準備要下車。我挪到走道旁邊的位置，望著他的背影。我看見，他的褲子口袋外面，垂著一條手帕，好像是老鼠尾巴一樣。

六塵顛轉記
（完稿於 2007年12月15日）

　　李教授不高興。早上醒來，就沒有什麼高興的事。躺在床上想一想：今天只有兩節課，來回交通卻要三個小時。這一班很頑皮；前排一個女生，看起來桀驁不馴，總是直直盯著自己。不知道是挑釁還是其他意思，讓人很不舒服…沒有學生安排請益時間，晚上沒有飯局。就是這樣，沒有特色，普通的一天。

　　李教授很想打個呵欠，伸伸懶腰，讓這一天有點精神。但是他的肚子裡，似乎沒有足夠的空氣打呵欠。最後，他沒有打呵欠，也沒有伸懶腰。早上起來做的第一件事，竟然是嘆了口氣。

　　今天的課，是「中西思想概論」，是李教授的教學重點。他很認真的準備，很認真的講授。但是，學生對這門課沒有興趣。他們都喜歡李教授－喜歡他的丰采甚於他的知識。對於純粹的知識，學生總是很難進入狀況。他們喜歡聽外星人，喜歡聽名人八卦，也喜歡聽教授對時政發牢騷，就是不喜歡上正經課。美國回來以後，超過二十年的教書生涯；李教授對學生的責任心，已經消磨殆盡。每年總有學生對

他表示好感，李教授毫無反應。因為，他們喜歡他的丰采甚於他的知識－他們不重視他的知識。反過來，李教授對於個人魅力這件事，也同樣的沒有興趣。教室不是舞台，他不是演員；李教授一點也不在乎學生喜不喜歡他。他不需要掌聲，不需要喝采，也不需要愛慕和崇拜的眼神。他只需要有人和他一同悠遊於知識的長河之中，一同分享對知識的好奇與讚嘆。但是，沒有。他從來沒有打學生身上，嗅到一點對知識的熱情。

簡單用過早餐，李教授拿起背包和黑傘，踏出家門。背包裡，裝著他的知識。黑傘麼，則是他的老朋友；可以遮雨，可以扶持，也可以用來趕走汪汪叫的野狗。他坐地鐵到火車站，再從車站大門口，登上開往山城的教授專車。

專車很老舊，台階有相當的高度。李教授上車時，感到吃力。他用黑傘撐著，當拐杖用。車上人不多，李教授輕易找到一個靠窗位子。閉起眼睛，想睡個回籠覺。沒有多久，他張開眼睛；發現旁邊坐著一位女教授。女教授大聲的講手機；翻來覆去數說別人的不是，而且夾雜著惡毒詛咒。李教授對她高分貝聲音很反感，對她的講話內容，更是極度厭惡。想到計程車司機，強迫客人聽政治節目的畫面；李教授立刻站起來，走到後面倒數第二排，另一個靠窗位子坐下。要是以前，他會靜靜忍耐，不會站起來走開。因為以他的教養而言，那種舉動太過直接；會讓別人難堪。李教授是寧可自己難過，也不願意別人難堪的人。他記得，小時候排隊上公共汽車。大人插隊，他一定站在旁邊，等大家都上車他才上去。有好幾次，大人對他微微笑，他不懂大人笑什麼。他也記得，小時候揀到十塊錢紙幣；堅持要交給警

察，媽媽就陪他去警察局。警察對他們母子微微笑，他也不懂警察笑什麼。不過，那都是很久以前的事情。五十多歲的李教授，不會在意一個聒噪女人的面子。更何況，這種人感覺多半都很遲鈍。

　　窗外開始落雨，一片深灰。李教授喜歡坐在窗邊，是為了看看街景，打發一個小時的車程。今天很不巧，他旁邊的窗戶上，有一大片銀色貼紙。雖然不至於不透光，但是卻使得外面更顯昏暗。李教授想到，這一路要這樣悶著，都是為了一個沒有理性的女人。他用黑傘緩慢的跺著地板，皺著眉頭，看看前面的女教授。她還在喋喋不休的講話，從後邊聽起來，聲音並沒有小很多。李教授的頭開始疼，他有到前面去給她一巴掌的衝動。當然，他不會這樣做；他是有教養的人，他的怒氣和忍耐，總會在最恰當的時刻，做一些協調。

　　李教授真想睡一下，但是很難。心情低落和頭疼，讓他開始想今天的課。這是一種奇怪的行為，是一種壞習慣。平日裡，他想不通事情，就漸漸的疲倦了；久而久之，他竟然認為，疲倦是由於未能完成工作的緣故。因此，他變成一個不知道疲倦了要休息的人。長年的學術訓練，竟然使李教授的生理與心理，對於思考和疲倦之間，產生一種逆向的制約反應。他越疲倦，越想要以工作來解除疲倦；越累便越要想事情。曾經有人警告過他，過勞死的心智工作者，都有他這種莫名奇妙的制約反應；好像白老鼠一樣，因為不斷踩著小輪子，最後把自己累死。李教授調整一下姿勢，腦子仍然昏沉。他握緊了黑傘，似乎因此而能夠安心。

　　忽然，後面傳來了一種氣味。李教授的注意力完全被吸引，並且

集中在那個氣味上面－那是煎餅的氣味！平日裡，有些教授喜歡在車子裡吃便當，李教授很不以為然。因為，車子是個密閉空間，裡面的氣味散不出去。如果好幾個人同時吃便當，菜色五花八門，所有氣味便可怕的混在一起。再如果碰上冷天，車子裡開了暖氣，空氣絕對壞得令人受不了。但是，今天有點不一樣。今天沒有人吃便當，車內的空氣還可以；單單一種氣味，讓人能夠仔細的分辨。李教授輕輕吸了幾次鼻子，然後，重重地吸一下；又輕輕吸了幾次鼻子。接著，他讓煎餅的氣味具體化：首先，他聞到了蔥的味道。有油煎的蔥，有烤焦的蔥，還有生的蔥。然後，他又聞到了油的味道。他分辨出燒焦的油，蔥油，混合著麵粉的油；他甚至可以感覺到一點生油的味道。至於麵粉，李教授試了好幾次，卻沒有什麼結果。因為麵粉雖然是煎餅的主體，可是它本身沒有什麼味道。或者說，它也是有味道的，只是李教授的鼻子沒有那麼靈光。

李教授發現，他的心情好了；不但好了，可以說興奮了。他剛剛吃過東西，他一點也不想吃煎餅。因此，煎餅的氣味絕對沒有引起食慾；而是那麼單純地，那麼可以與其他事物分開地，單獨欣賞。李教授幾乎笑了起來。他難得能夠這樣離開精神世界，而讓器官靜靜的感覺。一個煎餅，都能夠讓他的鼻子這樣享受！他很懷疑，他這輩子享受過什麼？他把黑傘掛在椅背上，開始想這個問題。

李教授的思路，在煎餅上快速起了作用；他在課堂上的一些哲學說法，似乎可以和煎餅串連在一起。只是沒想到，這種串連，竟然那樣不平衡！李教授覺得，他有什麼東西要被搶走了。他的心，明顯上下起伏了幾次；忽然，失去了感受能力，平的像一面鏡子。李教授大

哭起來，像一個失去玩具的小孩。

　　沒有人發現李教授哭，因為車子的後半，根本沒有人坐。他張大嘴巴，緊閉眼睛，讓眼淚像溪水般的流過臉頰。他沒有發出一點聲音，但是哭的那麼放肆自然，那麼不可收拾。不知道哭了多久，李教授聽見什麼聲響。轉過頭去，看見一個小女孩，站在他的座位旁邊。下意識地，李教授很想去拿他的黑傘。

　　小女孩，一直坐在最後一排的位子上。教授們不應該把小孩帶上車，那是她坐在最後面的原因；她藏在那裡，沒有人看得見。小女孩約莫四五歲，白白淨淨的，肚子鼓鼓的，穿著連身小紗裙；紗裙中間，有一個可愛的半圓形小口袋。她就是煎餅氣味的來源。現在，她站在李教授旁邊，好奇的看著他。

　　「叔叔，你不要哭。」小女孩一點也不怕生。

　　「我給你一點吃。」

說著，把她手上油油的煎餅，拿到李教授面前。李教授哭得更厲害，他全身抽搐，連座椅都有一點震動。

　　「叔叔，你為什麼哭啊－？」小女孩踮起腳，歪著頭看著；煎餅碰到了李教授的襯衫袖子。

　　「你不哭，我餵你吃。好嗎－？」小女孩說「好嗎－」的時候，把尾音提高很多；好像對她的洋娃娃說話一樣。李教授看著他袖子上的油污，繼續抽搐著；似乎他這樣哭，都是因為袖子弄髒了。小女孩一點不死心，把煎餅拿到他的嘴巴旁邊。

　　「給你吃。一小口哦！」小女孩看著煎餅，李教授看著小女孩鼓鼓的肚子。

「謝謝。」他小聲說。好像一個小學生對老師說話一樣。

李教授把煎餅掰下一小塊，揚了揚手；算是問小女孩，這樣大小可以嗎？小女孩露出燦爛的笑容，好像完成了一件大事。李教授把煎餅放進嘴裡。煎餅的味道很特別，他很少肚子不餓吃東西。他慢慢的嚼，仔細的嚼。他再次懷疑起來，這輩子有沒有真正吃過東西？

「謝謝你，很好吃」李教授看著小女孩。小女孩有很黑亮的眼珠。

「不謝。」

沒有什麼話說，李教授擠出一句：

「拉拉手，好不好？」

「好。」

李教授伸出一根手指，小女孩握著他的手指。李教授感覺到手的溫度，感覺到手的柔軟；感覺到手的重量；輕輕搖晃的時候，他還可以感覺到彼此皮膚之間，非常細微的摩擦。

李教授又有要大哭的感覺；然而，他笑了；靈魂深處受到撞擊的時候，哭和笑的界線，並不是那麼清楚。很多人輕易的以為，哭和笑是兩種相反的情緒，也許他們沒有真正的哭過笑過。他們的哭和笑，多是文化的一部分，而不是情感的一部分；更不用說對生命底層沉澱物，有什麼宣洩的作用。

「謝謝你給我東西吃，你真是一個天使。」

「一個天使。」小女孩重複他的話，好像並不是完全明白。

李教授歪過身子，看看前面的女教授，聽到她還在不停的罵人。

「她是魔鬼。」李教授小聲講，確定小女孩沒有聽見。

「你的煎餅好香喔！好好吃喔！你的小手手也熱熱的喔！」李教

授還想跟小女孩說說話。但是，說出來的話，即便對一個小女孩而言，都有點蠢。不過，他真的以為，今天像瘋子一樣出格的哭和笑，很有價值；他的學術工作，說不定因此而有突破。

　　車子轉過最後一個彎，到了學校。
　　「貝貝！」
前面的那個女教授站起來，向後面張望著，小聲地呼喚著。老天爺！這個可愛小女孩，竟然是那個女教授的女兒！李教授有點恍惚。今天在車上，複雜的感覺，強烈的情緒，竟然來自這麼不相稱的一對母女！
　　「趕快過來罷。」是母親溫柔的，天使一樣的聲音。
小女孩沒有什麼動作。母親知道帶小孩上車不對，有些忌諱別人的眼光。她很快走到後面，把小女孩夾在胳膊底下，便往前走。走道不是很寬廣，沒有走過幾個座位，小女孩的腿，就撞在座椅的扶手上。小女孩又急又氣的大叫：
　　「你撞到我了！你撞到我了！」
她像蟲般的扭動身體，往她媽媽手臂上，用力咬了一口！像一個小魔鬼一樣。

　　大家都下車了，李教授站起來，側著身子走過走道。坐久了，下台階更為吃力。他嘿唒了兩聲，用黑傘當拐杖下車。他的思路，被母親的溫柔和小女孩的那一口，弄得越來越走樣。然而，他還是有一種增長智慧的感覺。他認為，今天所有亂七八糟，反反覆覆，想得通和想不通的事情，終究都可以因為他的繼續思考，而找到答案。李教授下了車，撐開他的黑傘。他要在校園漫步一番，再努力的想一想。

　　李教授慢慢的走著，想著。和過往的學生打招呼。只是，他沒有聽見學生吃吃的笑。他們笑李教授和他的黑傘；山上不曾落雨，山城一片艷陽高照。

小朱的故事

（完稿於 2008年6月26日）

　　牆上兩台電風扇，呼呼的吹。每次轉到小朱這邊，就會「卡啦」響一聲。吹出來的風，很熱。丁老師的眼睛，直直盯著小朱；眼中閃爍著光，很兇惡怕人。丁老師的眼睛彎彎的，像是下弦月；嘴巴也彎彎的，像是下弦月。她應該是在笑，但是沒有笑聲，只有笑容；一種很可怕的笑容。她就這樣看著小朱，好久。大概有十分鐘，沒有說一句話。班上的同學，當然更沒有聲音。只有電風扇呼呼的吹，每次轉到小朱這邊，就會「卡啦」響一聲。

　　小朱旁邊坐了一個女生，叫做安娜。她很高，皮膚很黑，頭髮黃黃的，和小朱坐在最後一排。她和小朱都是河北人。她爸爸和小朱爸爸，都做過軍人。最奇怪的是，她爸爸和小朱爸爸，都參加過遠征軍去印度。安娜告訴小朱說，她爸爸給她取這個名字，是因為印度有一種錢幣，叫做安娜。安娜是一個開朗的小孩。在那個男生女生會打架的年齡，小朱跟她處得還不錯。那時候，小朱小學一年級。那一年，小朱考第五名。

四點鐘，是寫字課。每個人都張大眼睛望著黑板，看著今天要寫的字。班長淑仁，在黑板前面慢慢的，用彩色粉筆，描著幾個大字。她的個子很小，要站在椅子上面寫。她長著小圓臉，梳著長長的辮子，是個可愛的小班長。

淑仁用心的描。大家看著她寫彩色字，也用心在本子上照著劃。每個字寫一行，一行十個字；用鉛筆寫。教室裡很安靜，只有家齊跑到前面，拉淑仁辮子，又跑回座位。淑仁把辮子甩到一邊，罵了一聲「討厭」，又把辮子甩到另一邊。老師不在教室。

五點鐘，下課。大家出去最後瘋一下。五點十分，大家一頭汗的回到教室，準備放學。這時候，安娜去報告老師。說她的本子，被人畫得亂七八糟。老師過去看，發現安娜寫得很工整的本子上，被人畫了好幾個大圓圈。畫得很深很用力，有一些地方，好像紙都破了。安娜要哭。老師安慰她，要她慢慢用橡皮擦，把那些圈圈擦掉。安娜問老師，她要不要重寫？老師說不要。

「是誰啊？是什麼人畫安娜的本子啊？」
沒有人回答。

「不回答！沒有關係。大家都不要回家，我們中間有一匹害群之馬！」丁老師推了推她的金邊眼鏡。
還是沒有人回答。

「沒有關係。我們慢慢等。等這匹害群馬悔過！」
丁老師站在前面，站了十分鐘；一動也不動。接著，她開始走過每個同學的位子。

「不誠實啊？告訴你們，不誠實的人有味道！我會聞出來！」

接著，她就去聞每一個同學。有的同學笑了起來。經過小朱的位子，丁老師把小朱的頭抱著，搖一搖。然後走出教室。

　　丁老師再回來的時候，跟著麥主任。

　　「還是沒有人承認啊？已經五點半了。你們餓不餓啊？」麥主任大聲的說。

　　「真是太可惡了。害大家都不能回家。」

　　「好啦！讓你們先回家。希望畫人家本子的人，明天坦白認錯！」

　　「大家謝謝麥主任！」丁老師大聲說。

　　「謝謝麥主任－！」同學也拉長聲音大聲說。

就在大家把椅子翻起來，要放到桌子上的時候。

　　「各位同學！我們都知道是誰畫的。對不對啊？」丁老師看著小朱。

　　「對－！」很多同學，制式的回答著。

有幾個同學，回頭看小朱，臉上有奇異的笑容。

　　「你們看我笑幹什麼？又不是我畫的。」小朱很奇怪。

同學都回過頭看小朱。

　　「你們看！露出馬腳了對不對？對不對？我最討厭不誠實的人！那種人是騙子！是騙子！」丁老師講著講著，忽然提高聲音，臉孔變形，很激動－很歇斯底里。

電扇還是呼呼的吹。小朱覺得很冷。小朱不知道怎麼回事。他只有一年級，他只有七歲。他在家裡是乖寶寶，他在學校也是乖寶寶。

　　第二天，小朱到學校。大家還在早自習。小朱發現丁老師帶了高

年級的體育老師－賀老師進來。賀老師很高大，臉也很大很黑，滿臉麻子坑洞。大家都說他以前是流氓。賀老師進來後，走到小朱的旁邊。他蹲下來，把臉靠近小朱，鼻子幾乎要碰到小朱的臉。小朱側過臉，賀老師把身體靠近他，把臉更加靠近小朱。小朱躲不開。

「你是不是說謊話？」賀老師壓低嗓門講話，他的嘴巴裡有很大菸味。

「說謊話不對的！我會叫警察來！叫他們帶你去測謊。…等一下我就把測謊器拿來。」賀老師低下頭，用眼白看著小朱。

「如果你被測出說謊。就有犯罪紀錄。你知道嗎？一輩子，紀錄都跟著你。永不翻身。」賀老師忽然站起來，很快的走出教室。

「怎麼樣？你承不承認？」丁老師走進來，走到小朱位子旁。小朱「哇」的一聲哭起來。

「是我畫的！是我畫的！」

「我就知道是你畫的！我根本就應該把你開除掉！你說謊話？騙子！你是騙子！你是騙子！」丁老師抓住小朱的肩膀，用力前後搖他。

「是我畫的！是我畫的！」小朱放聲大哭，哭了一個鐘頭。那天，小朱一整天不說話。別人問他話，他只會嗚嗚的哭。他腦子裡，只有風扇呼呼響，和準時的「卡啦」聲音。小朱不知道怎麼回事。他只有一年級，他只有七歲。他在家裡是乖寶寶，他在學校也是乖寶寶。

那一學期，有一個學校女老師結婚。賀老師也去參加。他喝得醉醺醺，大聲唱〈苦酒滿杯〉。對新娘動手動腳。有人去叫警察，他還和警察吵架。他沒有做多久，就離職了。第二學期，丁老師也離職

了。聽別的老師說，她的先生有外遇；她有點精神問題，不應該教書。

　　後來，小朱在社會上，是一個問題人物；他叫做「天虎」。他殺過七個人，五個在監獄外面，兩個在監獄裡面。他在民國六十五年被打掉。打掉前兩個月，因為監獄有整修問題，他住到我的隔壁房間。他的待遇，和別人不一樣；他的手銬腳鐐之間，不是鐵鍊，而是焊死的鐵棍。他跟我不錯，他被打的前兩天晚上，把幾張紙塞給我。他說那是他寫的故事，不是真的。但是，他又說他十幾年來，每天頭痛，好像要裂開一樣。並且，晚上作惡夢。他常常夢到丁老師死了；他到丁老師的墳墓前面，用一個大鐵鎚打她的墓碑，把她的墓碑打碎。

　　「天虎」被打掉那一年，二十一歲。

赤子心
（完稿於 2009年4月17日）

　　啟芳在巷口買了個燒餅，胡亂吞下去。李老師規矩大，遲到了不得了。自從上了研究所，啟芳有很大改變，似乎活著有意義、有目標；往後，只要一步步地向前走就好。這種感覺，如同一輛在軌道上啟動了的火車；人生已經規劃好。甚至，可以遠遠地看見盡頭。

　　學校有個不成文辦法。凡是研究所的教授，都可以在家裡上課。這是一種尊敬，也是一種教育理念。在老師的書齋中上課，可以和老師走得更親近。感覺一下學者的知識氣息與生活氣息。

　　啟芳走近李家大門，看見兩個小朋友蹲在地上玩耍。他認得其中一個，是李老師的小孩，叫做甫琮。老師有學問，這個名字取得好。來上課的同學看見甫琮，都喜歡捏他的臉，說他將來會有出息。啟芳進了大門，在玄關脫鞋。看見同學都已經到了，兩個坐在藤椅上，兩個坐在榻塌米上。椅子還夠，有的同學就是要坐在地上。啟芳過去，也坐在地上。

「瑋珠，我們來玩辦家家酒。好不好？」甫琮去拉瑋珠。瑋珠四歲，比甫琮小一歲。

「好。」瑋珠拿著一個綠色的小塑膠籃，裡面裝著一些樹葉，和紅的黃的花。

「拿飯來。我要吃飯了。」甫琮啞著嗓子說。

瑋珠住在甫琮家隔壁，總是隔著竹籬笆往這邊看。去年刮颱風，竹籬笆吹倒了。甫琮第一次看見「完整」的瑋珠。瑋珠眼睛很大，甫琮眼睛也很大。他們就這樣看了一會兒。甫琮跟她招招手，她就過來了。那一天晚上，瑋珠媽媽把她打得很厲害。說女孩子這麼小就這麼隨便。瑋珠媽媽是一個單親媽媽。在那個時代，單親媽媽很少。瑋珠的爸爸被政府送到大陸工作，沒有回來。

「好了。好了。請吃飯。」瑋珠把一朵小花拿到甫琮面前。

師母出現，端著一杯茶。大家起來向師母問好，師母把茶放在小几上。老師在屏風後面咳嗽。師母注視著屏風站好，同學也注視著屏風站好。

「好了。吃飽了。牙籤。」

「牙籤給你。」瑋珠拿過來一根小樹枝。

「你把碗洗乾淨，我要睡覺了。」甫琮靠著竹籬笆坐下，閉上眼睛。

瑋珠拿了一片樹葉，放在甫琮的肚子上。

「蓋好被子，不要著涼。要聽話。」

瑋珠聲音很溫柔。甫琮張開眼睛看她。

「不要張開眼睛。媽媽要生氣。」

甫琮又把眼睛閉起來。

課上到一個段落。啟芳看看同學，舉手發問。

「報告老師。請您再講一講『心』的問題。」

李老師並不老。但是，總喜歡做出聽不見的樣子。

「靜？你是說安靜的靜？」李老師把手放在耳朵旁邊。

「心‐。」師母把頭靠過去一點講。

上課時，師母總是坐在旁邊。七個人圍著坐，好像一個大家庭開會。

「嗯。心。」

李老師喝了一口茶。把茶杯放下。

「心真是最微妙的事了。」

三個小孩，從馬路對面過來；他們都上小學了，住在對面巷子。過到馬路這邊來，是很大膽的事。馬路上有各種車：腳踏車、三輪車、公共汽車和牛車。腳踏車騎得慢。公共汽車很大很可怕，可是守規矩。三輪車最亂來，車夫踩得飛快。牛車不怕，因為牛脖子上有鈴鐺，走起來有節奏的響。沒聽過什麼人被牛車撞倒。媽媽說甫琮不可以過馬路，只能在馬路這邊玩。

「中國人講心，印度人也講心。」

同學們沙沙沙的抄筆記。

「但是，印度人強調心的變動。心境啦、心情啦，都是不斷變動的心。因此，印度總是講如何降伏這個不安的心。強調降伏的過程，強調心要安定。」

　　三個對街的小朋友，在巷口的麵店看大胖子做魚丸。大胖子是福州人，會做有肉餡的魚丸。他用手抓一把魚漿，塞入肉餡；拿個磁湯匙一攪，魚丸就做成了。三個小朋友看完了做魚丸，又回過頭看燒餅店做燒餅。做燒餅的是山東人。講話很客氣，只是愛喝酒。他和巷口外面的三輪車伕，都是哥兒們。不過做燒餅的不願意提他們。他說那一批車伕，都是軍隊裡開小差下來的。

　　「中國講的心不同，中國講一種流動而自然的心。」
李老師又喝了一口茶。

　　三個小朋友，走向甫琮和瑋珠。高小孩看見甫琮閉著眼睛，拿出口袋裡的水槍「滋滋滋」的噴甫琮。
　　「唉唷。」
甫琮嚇了一大跳。伸手揉眼睛，抹臉上的水。
　　「男生和女生玩，丟丟臉。」胖小孩說。
甫琮沒有說話。

　　「不同啊。境界不同啊。呵呵。」李老師身子往後仰。
同學還在沙沙沙的抄筆記。
　　「這個不同，要細講，又是兩個鐘點。呵呵。中國文化深厚啊。」
李老師看看師母。師母報以溫柔而有敬意的微笑。

　　「滋滋滋」。高小孩又拿水槍噴甫琮。

「喂。你不要噴水。他是我先生。」
三個小孩愣了一下。

「哈哈哈。他是她的先生。」胖小孩笑。

「哈哈哈。他是她的先生。」高小孩笑。

「哇哈哈。哇哈哈。」黑臉的小孩，很誇張的笑。手舞足蹈，像
是跳八家將的乩童。

「請問老師。那種流動的心，和孟子說的：大人者，不失其赤子
之心者也。有沒有關係？」啟芳又問。

「好極好極。」

「子曰：賜也，始可與言詩已矣。啟芳。我和你也可以相互切磋
琢磨了嗎？」李老師輕輕的鼓掌。笑得開心。

甫琮還是沒有說話，但是兩行淚水流到了嘴角。

「男生女生結婚，不要臉，不要臉。」
三個小孩，你一句我一句的說著。他們越說越順口，竟然有了調子；
唱歌一樣的唱著：「羞羞羞，不要臉。羞羞羞，不要臉。」
瑋珠站起來，手叉著腰，像個胖胖的小茶壺。

「你們走開。不要跟你們玩！」

「怎樣啦？你敢怎樣啦？」
「滋滋滋」。高小孩又拿水槍噴甫琮的臉。

李老師的茶杯空了。師母要去拿暖水瓶。老師舉手示意。不要
了。

「赤子之心。多麼得純潔而高貴啊。大人在亂烘烘的社會裡，受

盡了污染。能夠恢復赤子之心，做個小孩，多好！活潑、善良、美好！」李老師看著窗子外面的芭蕉樹，臉上漾起淺淺的紅暈和幸福。

「滋滋滋」。高小孩繼續拿水槍噴甫琮。

「外國人說。只有小孩，才看得見床底下彈珠的光輝。」
李老師看看大家。大家也看著李老師。
「玻璃彈珠，多麼華麗璀璨啊。在床底下，多麼安穩溫馨啊。唉。赤子之心…可以做詩了。」

瑋珠擠到三個小孩面前。去推那個拿水槍的小孩。
「走啦！走啦！你們走開啦！」
高小孩推了瑋珠一把。瑋珠摔倒在地上。她閉著眼睛，嘴巴慢慢的打開；沒有聲音，好久。最後，放聲大哭起來。

「是不是有什麼聲音啊？」師母皺著眉頭，看看同學，又看看老師。
李老師露出不高興的表情。師母打斷了他的講話，打斷了他的思維，使他不能繼續悠遊在那個美麗的、充滿想像的境界之中。
「哈哈哈。看你們的師母。這就是心不安。就是心為物役。大丈夫，要泰山崩於前而色不變。我們在上課，旁邊的聲音應該都聽不見。是吧。…你們聽過六祖慧能的旗動、風動故事嗎？…」
「是有什麼特別的聲音。」
李老師又一次被打斷。
「你到後面廚房去看看。」李老師婉轉的請師母離開。

「不是廚房。是外面。」

「我正在上課。」

「小孩子在外面…」

「什麼小孩子？這裡是高級知識份子的聚會！我正在上課！」

李老師不再隱藏他的怒氣；一個一個字，由齒縫中擠出來。他拿起茶杯，用力甩在榻榻米上。茶杯沒有破，少許茶漬濺到了啟芳的衣角。啟芳本能的跳起來，由坐姿變成跪姿。他就那樣跪著，不敢看老師，也不敢看師母。老師還在罵師母，啟芳沒有聽清楚老師罵什麼。

「滋滋滋」。「滋滋滋」。高小孩把水槍裡剩下的水，噴噴瑋珠又噴噴甫琮。然後，帶著他的兩個小徒眾，走出巷口。他們左右看了看，很快的跑過馬路。

瑋珠還坐在地上大聲哭。甫琮嘴角往下彎，全身抽搐。最後，他撿起地上的半塊磚頭，把磚頭舉在肩膀上。發瘋一樣的哭著跑著；跑過巷子，跑出巷口。巷口做魚丸的看見他，臉上有詫異的表情。賣燒餅的看見他，擦擦手上的麵粉，有要出來的樣子。甫琮跑出巷口，跑上馬路。

「我要打死你們！我要打死你們！」

馬路上有腳踏車、三輪車、公共汽車和牛車的聲音。只是，那些聲音，對甫琮而言，已經沒有任何意義。

昨天夜裡，那個麗玉
（完稿於 2007年12月14日）

　　麗玉喝多了。有朋友過生日，也是難免。不過昨天的場面有點失控；完全是女人聚會，竟然喝到連主人都吐。

　　阿芬在保險公司做事，做得不錯。四十歲了，請了三桌。一桌她現在同事，一桌她以前同事，一桌她自己的朋友。沒有外人，但是三桌彼此不認識。麗玉坐在阿芬朋友一桌，她們小時候是死黨。

　　菜很普通，不知道為什麼，酒卻越喝越多。原來是喝紅酒的；很快紅酒喝完，有人喊熱，一定要喝啤酒。啤酒喝了之後，反而助長氣氛；大家又要喝威士忌。

　　開始抽菸了；竟然毫無異議的，好多人都開始抽。麗玉不抽菸，也抽了四五枝。結果，整個房間煙霧瀰漫。加上酒精的力量，所有人都很興奮；換位，換桌，大聲講話，簡直翻了天。服務生是一個年紀大的女人，進來好幾次，欲言又止。說了一句「真是不像女人」，也就離開了。

　　在混亂場面中，一個阿芬的同事，去把經理找了來。問他有沒有「那卡西」，答案是沒有。又問他有沒有「卡拉 OK」，答案是也沒有。那個同事不死心，跟經理說她們要跳舞，要經理給她們找音樂。經理為難的出去，找了一架手提錄音機來；裡面只有餐廳用的古典輕音樂。幾個女人也不挑剔，把錄音機放在牆角落；要經理把大燈關了，把天花板上的燈球打開；在酒氣菸味中，滿屋子的閃爍光影中，隨著古典音樂怪異的跳熱舞。最後，她們扭動著，忘情的抱在一起；好像從來沒有抱過，樣子不太好看。麗玉對於抱男人，抱女人；抱人或者被抱，都沒有什麼興趣。她和其他的人繼續喝酒，繼續抽菸。只是在亂七八糟的感官世界裡，頭昏腦脹。

　　阿芬首先支持不住，沒有人能夠照顧她。她自己去長椅上休息，就在那裡吐了。麗玉覺得她也要醉，心裡便有了要走的打算。她的酒量還可以，只是今天的菸，讓她心跳特別快。麗玉在社會上久了，知道一個女人在外面失態，會有很大的後遺症－即便沒有男人在場，其他女人的嘴巴，也是很碎的。麗玉搖了搖阿芬，對方完全沒有反應。她到每一桌，對還在胡鬧的女人們，說了幾句抱歉的話；那些女人哄笑著，說她喝完酒要去找男人。一個在房屋仲介公司做主任的，更是說了一些不堪入耳，不合於她身份的話。大家笑得更厲害。麗玉也跟著笑一笑，沒有跟她們計較。她知道，有些人喝醉了，會比較放肆。會變成另外一個人；一個在清醒時候，想做又不敢做的人。麗玉對於這種人，無論男女，看得太多了。

　　麗玉走出飯店，冷風一吹，不但沒有頭腦清楚，反而歪歪倒倒起

來。漸漸的，她的意識有點模糊。她試著走慢一點，走穩一點；並且刻意留心旁邊走著的人群。做舞小姐的，有一種特別的氣質。無論到哪裡，總有人多看幾眼。更何況是喝醉的舞小姐，在路上歪歪倒倒的舞小姐。麗玉知道要出洋相，也就是在這個時候。她越走愈慢，頭也越來越重。

麗玉看看四周，發現她走到一家百貨公司裡面。燈光很亮，麗玉覺得很溫暖，比在外面吹風好。她很自然的上了電扶梯，到四樓的女裝部。她試了好多衣服；有大紅色的披風，有寶藍色的毛衣，有黑色鑲水鑽的兩件式套裝，一些帽子。當然還有很多漂亮的鞋和包包。麗玉發現，這家百貨公司的衣服有個特色；顏色都鮮豔得不得了，讓她好像置身在一個童話世界裡。這些絢麗的顏色，讓麗玉心情很好。但是，這是哪一家百貨公司呢？怎麼它的風格，這麼對麗玉的胃口呢？麗玉拼命想她來這裡的路線，用力甩了甩頭；但是酒精的力量，讓她怎麼也甩不出一個名字。她不知道，這裡是哪一家百貨公司。

忽然，麗玉看見一個很熟悉的背影。是誰呢？看不出來。那個人轉過身，麗玉發現那是她自己！她竟然看見了她自己！她看到另外一個麗玉也在逛公司。不會的！可能是她看錯了！可能是一面鏡子！但是，不對啊！那個人對麗玉笑！麗玉明白自己並沒有笑，那不是鏡子！

那個麗玉忽然跑起來了；顯然，她在和麗玉玩躲貓貓的遊戲。她一下子躲到衣服後面，一下子躲到柱子後面；再出現的時候，總是從一個難以想像的角度伸出頭，對著麗玉笑。麗玉大聲的驚叫起來，她

從來沒有這麼害怕過。她一聲一聲的尖叫，那個麗玉，一次一次從躲
著的地方伸出頭，臉上帶著笑容。麗玉恐懼極了，她除了大叫之外，
沒有任何動作。那個麗玉離她越來愈近；跑著，跳著，笑著。麗玉嚇
的倒在地上。她看見旁邊有一枝拖把，她拿起拖把，拖把的頭掉了。
她用力揮舞著拖把柄，要把那個麗玉趕走。那個麗玉一點不在意，越
走越近。麗玉把拖把柄扔向那個麗玉，整個人癱在地上。那個麗玉不
見了。

　　旁邊的人，遠遠的看著麗玉；臉上有奇怪的表情。
　　「你們看到那個人了嗎？」麗玉大聲叫。
　　「你們看到了嗎？我看到我自己了！」
旁邊的人也沒有驚慌，也沒有太多的興趣與同情。
　　「沒有，什麼也沒有看見。」一個人慢慢的說。
　　「我只看見你丟東西。」另一個人慢慢的說。
　　「是啊。你丟什麼呢？你前面沒有東西。」
麗玉坐著，腦子裡一片空白。昏了過去。

　　麗玉醒來，聽見了收音機的聲音；播放著兩種不同的音樂。對於
兩種音樂同時播放，麗玉很熟悉。麗玉怕寂寞；一個人的時候，她總
是開兩台收音機。兩種不同的音樂同時出現，會讓人有一點錯覺，好
像房子裡面人很多；麗玉需要這種錯覺。有時候，麗玉開兩台收音
機，會讓她想到一個故事。好像是，…唐朝詩人，寫一個瘋子和月亮
喝酒，結果有三個影子什麼的。

　　沒有錯，這裡是她自己的房間；她正躺在自己的床上。

　　轉過頭，麗玉又看見百貨公司的那個麗玉！那個麗玉屈著腿，坐在她的床上，靠牆的那一面。麗玉仰視著那個麗玉。那個麗玉開始講話；她不再開玩笑，好像都是講些很嚴肅的話。麗玉沒有注意聽，不知道她在講什麼。因為麗玉全神貫注看著那個麗玉。她從來沒有這樣仰角四十五度的看過自己，她覺得自己很漂亮；從下往上看，甚至有一點威嚴。她靜靜的看著那個麗玉，聽那個麗玉與自己講話。麗玉還是不能專心聽，她仍然出神地研究著那個麗玉；她發現那個麗玉並不可怕。聽那個麗玉講話滿好的。她就這樣躺者，那個麗玉就那樣坐著；她們維持著這個姿勢，講了好久的話。麗玉對那個麗玉很有好感，她覺得她們在一起講講話，還真是不錯。

　　那個麗玉靠近了一點，麗玉注意到她沒有穿衣服。接著，麗玉注意到自己也沒有穿衣服。那個麗玉趴在她的身上，貼著麗玉。麗玉沒有拒絕，輕輕的摟住那個麗玉的臀部。那個麗玉在她上面，手撐在麗玉的肩膀旁邊。麗玉撫摸著那個麗玉的背，大腿；最後手又回到了那個麗玉的臀部。她捏了一下那個麗玉，感覺很幸福。

　　「靠近我。」麗玉說。

　　「把手肘放下來，用身體壓著我。」麗玉指揮著那個麗玉。

麗玉用雙臂圍繞著那個麗玉的脖子，雙手繞到她的脖子後面，在那裡交叉；再繞回前面。麗玉的右臉頰，貼著那個麗玉的左臉頰。那個麗玉，把她的手臂伸到麗玉的背後，雙手在那裡會合，抱著麗玉的腰。麗玉把腿伸直，那個麗玉把腿張開，從上面夾著她；然後，用腳背貼著麗玉的腳心。麗玉和那個麗玉，就這樣緊緊的抱著。抱到出汗，也不願意分開。她們抱了好久好久，麗玉發現她們之間的汗水，已經糊

成了一片；從臉上糊到胸口，從胸口糊到大腿。麗玉閉著眼睛，希望再也不要張開。迷迷糊糊中，麗玉想到，計程車司機沒有找她錢！

麗玉的意識慢慢恢復，有一些景象出現在她的腦海裡。她想到昨夜走出飯店的情形，想到買一大杯咖啡的情形。當然，還想到坐計程車，司機沒找她錢的情形。…昨天夜裡，她安全的到了家，…上了床。所以，那個麗玉和那些情節，應該都不是真的！麗玉看看手錶，已經三點半。她不知道要繼續睡，還是乾脆起來。頭還是很疼。一個開藥局的朋友跟她說過，酒安神，菸提神。一個鎮靜，一個興奮；兩個碰到一起，會有迷幻的效果。再加上一大杯咖啡！大概就是這麼回事吧。

麗玉考慮再睡，又有點躊躇。她怕那個麗玉再回來，也怕那個麗玉不回來。真是個奇怪的經驗！麗玉認為，昨天夜裡，她有一點人格分裂。她擔心這件事情；怕那個麗玉這次在晚上出現，下一次要在白天出現了。要是白天也看見自己，會被送進精神病院的。麗玉開始有一點想那個麗玉；並且，好像越來越想了。怕是怕的，…但是她對於看見自己，跟自己講話，甚至跟自己做愛，有很好的感覺。她想，要是真的能夠跟自己做愛，那就，永遠不寂寞了。

最後，麗玉不再擔心。她決定要繼續睡。無論那個麗玉來不來，她都要等著她。甚至，她還決定明天上班以前，要到處去轉轉，去找那一家百貨公司；去找那個四樓的女裝部。她不怕發瘋，她要冒這個險。她要去找那個麗玉；昨天夜裡，那個抱著自己的自己。

就這樣，麗玉又睡著了。

拉手

（完稿於 2012年4月3日）

　　李杜拿起電話，對方接了。

　　「你好嗎？」

　　對方沒有講話。李杜也沒有期待對方講話。就這樣子，大概五分鐘。

　　分手。中國人講得真好，就是手分開，不拉在一起。手為什麼不拉在一起？是心不在一起了？那到未必。沒看見政治人物選舉？不知道要拉多少次手。心在一起麼？活見鬼！心不在一起的都可以拉手，心在一起的不能拉手？手拉著就一定要分開？就像鞋帶繫上就一定要解開？

　　李杜吸了一口菸，她送的菸。拉手很好啊。不是說拉手很神聖。只有人會拉手，動物不會。動物沒有手麼，怎麼拉？只好身子靠一靠，脖子靠一靠。不是古人也說交頸麼？人要是每天頸子靠在一起，那還能看嗎？當然，也沒有什麼不能看。習慣問題。

　　李杜調整了一下電話。對方沒有講話，他也沒有講話。不講話很

好，為什麼一定要講話？大家知道心在一起，舒服著，為什麼要講話？動物也不講話。講話沒什麼好，虛情假意都從講話開始。眉目傳情？那是少數人的事啦！你以為誰都那麼多表情，那麼會眼睛放電？

記得以前看《三國演義》，說天下久分必合，久合必分。當時，李杜就很有意見。分分合合當吃飯一樣，那是一種心態。那種心態，李杜不喜歡。現在，李杜還是不喜歡。再加上，那是天下大事，國家大事；那種事情如果放在人與人之間，李杜更不喜歡。李杜認為，牽涉到人格問題。他沒有辦法那樣活著。再加上，分了怎麼可能再合？本來合著的人分了，就是仇人。俗話不是說「由愛生恨」嗎？如果分了再合，那就是各懷鬼胎了。在李杜的那個邊緣世界裡，「不能共榮，絕不並立」。合著，大家一起吃飯。分了，就準備相互吃掉吧。怎麼能隨便分手？

為什麼要分手？說起來也奇怪。她的理由是，李杜不再熱情，沒有常常送她巧克力和花。這算是什麼話？兩個人在一起，可以用巧克力和花來計較嗎？那簡直是太天真了。最近李杜在事業上，遇到了很大瓶頸。也許兩個人不常見面。也許兩個人見面，總是講些煩惱的事。天啊。社會上誰會推心置腹講些煩惱？講些不堪？只有一種人麼，那就是好朋友。社會上常常把這種來往當成一種交情，一種指標，一種感情深厚的指標。怎麼男女之間不是如此？如果這樣，還叫什麼朋友？如果這樣，不是太現實了？條件說？李杜倒是聽人家這樣說過。

李杜噴了一口菸，發出一點聲音。電話裡，沒有聲音。

　　今天吹南風，李杜坐在北窗抽菸。他喜歡這樣，喜歡看著煙流暢的被吸出去。痛快。人過中年，沒有什麼痛快的事情。李杜倒是不贊成「人到中年兩頭難，生不容易死不甘」。他認為這種說法有趣味，只是因為聲調壓韻，一種文人的把戲。現實人生中，人如果還呼吸著，就應該永遠向前看。永遠？李杜又噴了一口煙。他喜歡看煙順暢的被吸出去。

　　李杜看著煙發呆。「過眼雲烟」？李杜對這種說法比較能接受。社會上看多了。很多事情，的確不能計較。事情過去，就不能挽回。李杜認為「過眼雲烟」和「覆水難收」有點關聯。因為「覆水難收」，所以「過眼雲煙」。他認為「覆水難收」是智慧，「過眼雲烟」是瀟灑。什麼分合說？什麼條件說？充滿心機！李杜搖搖頭，他不能再整合這些想法了，他又不是哲學家。是不是太理想性？也許吧。年輕時候，有人說他像瓊瑤小說裡的人物。那時候，李杜就任人說。沒有高興，沒有不高興。他從來沒有看過那些小說。他認為那些小說，只寫了男女來往的前半段，那些男女沒有柴米油鹽，也不上床。愛情是神話？把二分之一當成全部，把 $A+B=C$ 的公式直接寫成 $A=C$，當然就是神話。

　　愛情的目的，是要建立感情麼。男人和男人之間，喝酒喝的爛醉幹什麼？為了搏感情麼。有了感情，就進入另一種可信賴的關係了。有人和朋友整天喝的爛醉嗎？那是酒鬼！那不是朋友！那是兩個酒鬼互相以酒自慰罷了。愛情是感情的前戲！爛醉也是感情的前戲！怎麼女人不懂這個？一天到晚在床上要前戲，要高潮。生活裡的前戲和高

潮，卻一點也不理解。前戲和高潮？李杜笑了笑。他覺得，有時候，他還真他媽的像個哲學家。很高明的那種。

風小了，菸慢慢的燒著，慢慢的被吸出去。消失了，沒有了。李杜可以接受消失，可以接受沒有。有和沒有相對，存在和不存在相對。這種從有到沒有，從存在到不存在的過程，是人生歷練。但是，分手和拉手不相對！因為兩隻手都還存在！都還各自的存在著！這種各自存在，是對整體存在的侮辱。李杜看著手中漸漸短了的菸，看著歪斜著的一截菸灰。要控制自己！這樣想下去，要開始生氣了。生氣不好，生氣不能解決問題。李杜站起來，把菸灰彈到窗子外面。

坐下。揉了揉耳朵。
「我們還拉手嗎？」沒頭沒尾的冒了一句。
電話裡沒有聲音，已經十五分鐘。

欒樹

（完稿於 2010年5月20日）

　　坐地鐵散心，是最近的消遣。心情很難控制。弄投資公司的何子豪，夠理智了，也經不起離婚的折磨。女人真是…唉！什麼叫做合得來？生活嘛。除了柴米油鹽，照顧家，做點家庭行政…還要什麼呢？性生活？也不是沒有。說實在，提不起興趣的是她，又不是我。我也不想。不過，我總是表示有興趣。表示有興趣，是一種尊重嘛。裝？裝也是一種尊重嘛。愛情？哈！四十多歲了，又不是小孩子。搞不懂。真的搞不懂。愛情與性？唉！頭痛得很。女人到底在想什麼？我們做財務的，頭腦很好。但是…弄不清楚。

　　閉目養神，還是沒辦法。倩如的影子，總是揮之不去。就這樣走了，輕描淡寫：沒辦法生活下去，差異性太大。老天爺。她怎麼可以這樣走？孩子給我，也不計較監護權，也不計較贍養費。難道，我就這樣的可厭？那，當初為什麼要嫁給我？女人到底在想什麼？這個婚姻，從頭到尾，就不清不楚。

　　地鐵穿出涵洞，眼前為之一亮。刺眼的陽光，沒有趕走陰霾，反

而令何子豪瞇起眼睛，臉上增加了皺紋。窗外的風景，無意義的過去。是變樹嗎？最不喜歡變樹，變來變去！樹頂的花，原來是綠的。漸漸變黃、變紅、變土黃、變咖啡。最後，幾乎成了黑色。但是，它們就是不掉，就是長時間的賴到底！直到第二年春末。很多人喜歡變樹，怕是沒有從頭到尾，長期的看吧？就是賴著兩個字嘛。長期真是可怕的字眼！倩如的影子閃過。我也賴著她嗎？二十年了。賴著人？還是賴著婚姻制度？一個讓人可以賴著的制度？就像是變樹？何子豪抓抓脖子。停止！一次想一件事！以前學校教的？應該不是。是在飯局上，一個日本客人說的。那個日本人說：我們日本人，一次只想一件事。一次只做一件事。何子豪認為，他說的很好，這種想事情的方法很好…但是，倩如又來了。

何子豪把頭轉向窗外，這一段沒有變樹。玻璃窗上，映著一張男人的老臉。討厭變樹；連花開花謝，也不清不楚，搞到那麼複雜。音樂響起，何子豪看看手機，是倩如的律師。要談最後的簽字問題吧？為什麼呢？為什麼要跟我離婚？搞不懂女人。唉。這一段又有變樹了。

車子到站，上來四個年輕女人。兩個坐在何子豪對面；兩個站著，背對著何子豪。女人們應該是朋友，彼此說著話。何子豪的眼光，從變樹上收回來，落在站著的女人身上，看她們穿著迷你裙的大腿。車子晃動一下，一個女人把腿移動著，站穩。嗯，大腿好看。不過，粗了一點。另一個的呢？還好，細了點？

有人下車，何子豪的眼光離開大腿，看著窗外。一個老女人帶著帽子，慢慢的走過月台。經過車窗時，看見了她的臉。還可以啊。但

是，為什麼沒有魅力？女人停經以後，完全不一樣。怎麼說呢？應該是…車子啟動，何子豪不再看她。聽一個朋友說，女人停經以後，脖子後面的肌肉隆起。是嗎？沒有什麼根據。朋友亂說的。吹牛吧？表示自己有經驗。男人都是這樣。男人很簡單，比女人簡單的多。何子豪的眼光，轉到背對自己的女人脖子上。

女人們大聲的笑。是說到好笑的事？還是在笑我？怎麼最近這樣敏感。記得以前，有女人看，何子豪當然要回看。現在？有女人看，會緊張的低頭看看褲子。是不是沒拉上拉鍊？年齡就是這樣。現實啊。

車子又晃動。四個女人中，坐著的一個，穿著緊緊的黑裙，腿上放著一個提袋。忽然，她把腿抬起來，搭在另一隻腿上。何子豪的眼睛亮了一下。咦？看到底褲了嗎？現在女人多不注意姿態。他想把眼光移開，但是，又回到了那個女人身上。那個女人身材普通，長得也普通。還年輕嘛。脖子後面有隆起嗎？何子豪有點想笑。幹什麼啊？明明看不見背後的。女人把腿放下，再把另一隻腿翹起。天！又看到一次，黑色的底褲。何子豪看著她的大腿。年輕是不一樣的。不要說曲線，連皮膚也不一樣。女人看了何子豪一眼。何子豪把眼光移向地板，再移回來。他抬起眼睛看那個女人的臉。往下看，看她隨車搖晃而搖晃的身體。再往下看，看她的大腿。女人把翹著的腳動了一下，平底軟鞋的鞋幫落下，鞋子掛在腳趾上。看見她的腳跟了！沒有錯，那個女人在勾引自己！把提袋放在大腿上，遮遮掩掩，也是？…何子豪把眼睛望向車頂。嘿！女人啊，其實也很簡單的！男人女人都很簡單。

　　弄投資公司，頭腦是不錯。何子豪把提袋、腳跟、大腿、底褲…一大堆奇怪的東西排列起來。並且，開始不經意的組合著。女人真是奇怪的動物。這樣的吸引人，讓人迷惑。車子靠站。女人把腿再換過一次姿勢。…說實在，男女還是有很大差別，男人了解女人有限。女人的魅力到底何在？是曲線嗎？是啊！女人的曲線讓人受不了。不是說男人是視覺動物嗎？是嗎？那聲音呢？聲音也重要。古人說什麼黃鶯出谷。女人發出的聲音，和男人是不同。呵呵。發現自己真的笑出聲音，尷尬的咳了兩次。還有什麼呢？氣味！對了，氣味重要。不過，氣味有兩種。一種明顯，一種不明顯。例如什麼費洛蒙的，就沒有味道吧。至於說到觸覺…何子豪覺得嘴巴有點乾，喉結自然的動了一下。

　　車子停了。站著的女人往車門移動，坐著的女人也站起來。何子豪的眼光，立刻落回穿黑色底褲的女人。女人提著袋子離開車廂。何子豪瞪大了眼睛！嘎？這樣失誤？根本不是穿裙子？穿著黑色的運動短褲？那麼，剛才看到的提袋和大腿？腳跟和底褲？…四個女人下車。沒有任何人看他。

　　車子啟動，加速，再減速，很快到了北投。何子豪沒有下車。他靜靜的坐在車廂裡，看著乘客離開；又看著一批乘客移進來。北投是終點，幾分鐘後，車子會往相反的方向開，開回台北。何子豪嘆了一口氣。他知道，等一下又會看到欒樹。又會有很多的不清不楚，脹滿他腦袋。

在酒吧裏
（完稿於 2009年7月4日）

「老杜，不要再喝了。」

「沒事。還可以。」

「還可以什麼？還可以喝？還可以走？還可以不走？」

「還可以…繼續。」

實在不行。我也要回家了。老杜看起來…還是一樣，彎腰駝背，坐在高腳椅上。跟他說過好幾次，找個角落坐，專門給他留座位都可以。形象不好，非要坐在吧檯上。那裡賣最貴的東西，最賺錢的一塊。當然，老杜沒有不付帳。只是形象問題。有錢的大爺，左擁右抱，一擲千金，不喜歡這號人物在旁邊。老杜並不老，五十多。就是彎腰駝背，沒精神。他也有錢，在這裡花的錢不少。有趣的人。但是，我開店，是為了賺錢。

椅子都放在桌子上，淑玲看著我。淑玲不錯。身材好，也很多情。主要是受過傷害，心裡有事。心裡有事的女人，過癮。挑戰性大！當然，做這種女人的男人，要鐵打的心。火柴點起，總要熄滅。

蠟燭？蠟炬成灰淚始乾？媽的，跩文？我也念過書的！不要介意。說髒話是一種文化，不是犯罪。對了，蠟燭？我們這裡沒有蠟燭。我們很進化，都點電燈。

　　對淑玲擺擺手，叫她先回去。淑玲把一張椅子搬下來，坐著。坐在黑暗裡，左手撐著下巴，看我。其實，很黑，真的看不到什麼。一團模糊的影子。是在看我嗎？想像的吧？還是真在看？

　　不行了。打呵欠了。
　　「老杜。走了吧。打烊了。」
　　「沒喝完。點了沒喝完，沒禮貌。」
好笑。理由很多。顧客跟老闆講禮貌？不過，老杜也不能算是顧客。他簡直就是本店的招牌，一個佈景，一個活動的盆栽。也不對，他根本就不動。
　　「好了吧。老杜。可以了。明天再來。」
　　「明天，當然會來。」
　　「再喝，你就沒有明天了。」
　　「現在幾點？」
　　「兩點。」
　　「明天了。」
　　「老杜！翻臉了！」
我走近他，鼓起右膀子的肌肉。
　　「那就殺了我。殺了我，現在就殺。兩點鐘殺我，明天殺我。」
好了。醉翻了，有的混了。看看角落，那個影子中的影子，還在。還在等？還是睡著了？她的心裡想什麼？影子會想什麼？影子還有心？

好笑。沒有心的影子。每天不是都跟淑玲做愛嗎？都跟一個沒有心的影子作愛。跟影子作愛？對影子發洩慾望？媽的個爺爺！我還真夠墮落！

　　軟硬不吃。我也沒招了。混吧。倒了一杯冰水，坐在老杜旁邊。老杜的側面看起來，還不錯。
　　「老杜－。為什麼還要喝－？」
　　「喝了清醒。」
太好了。不但醉了，瘋了。沒事。我這裡什麼人都有，不差一個瘋子。人都要朋友，要溝通，對吧？醉了怎麼溝通？簡單。跟他做朋友！怎麼做？也喝一點，就能溝通了，就知道他想什麼了。然後，在你兄我弟的暈陶陶中，順藤摸瓜。好好的曉以利害，好好的因勢利導…請他滾蛋！怕就怕，喝過頭。結果，沒人滾蛋，多了倆驢蛋。這種情況，像是心理醫生和病人。醫生一付要救人的樣子，結果，和病人一起去做夢。病人是很有趣的，很迷人的，迷死人的。我又看看那個影子，還在，還在那裡散發她的病態。

　　我繞過酒吧，看看玻璃櫥。喝什麼？最喜歡白干，但是不適合；白干我都自己喝。這裡賣洋酒，有價錢。白干烈，有效果。但是便宜，不上檯面。我在講酒，不是講女人。我剛才講了效果二字嗎？我是這麼膚淺的人嗎？膚淺中真相多－！學著點。以前有個中國哲學家，說拉屎有道。他大概跟我一樣膚淺。或者，我跟他一樣有學問？

　　搞死他。ABSINTH，捷克酒。這個東西，真會死人，70 度！一般酒精不過 75 度。聽說梵谷、海明威都喝，行家喝的；有茴香和薄

荷味的高級漱口水。調起來費事。杯子裡放冰塊，杯子上放湯匙，湯
匙裡放方糖，方糖上倒 ABSINTH。點火。酒和糖化了，流到杯子
裡；再加冰水。嘿嘿。這個動作要錢呢。直接喝吧。

「老杜。跟你喝一點。」

「我還有。」

「喝好的！」

「好。」

我拿了兩個威士忌杯，各倒上一份，加一份冰水。走出吧檯，坐在老
杜旁邊。

「喝吧。藝術家喝的。」

「藝術家喝的？」

「嗯。慢點。70 度。」

老杜的眼睛看著我，亮了。

「70？」

「70。慢慢喝，死人的東西。」

老杜拿起杯子，做了個要一仰而盡的動作。

「ㄟ！ㄟ！不要開玩笑！ㄟ！老杜！」

老杜沒有一仰而盡。老杜根本沒有喝。詭異的笑著。

「不要唬弄我。你不是說會死嗎？嘎？你以為我會上當，會一下
子死？會死？死，這麼好的東西－。這麼好的感覺－。我會要它結
束？一下子死？不會。我－不－會。」

「喔。好。」

「我要慢慢死。死得－慢－慢－的。緩－慢。就－像－慢－動－
作。」

說什麼？我需要喝一口。接不上。不過電。

天啊！真辣。嗨！夠勁！過癮！超過白干。但是不能常喝，真的
會死。嗨！馬上暈。厲害。轉過頭，看看我的影子。想到她的身體。
身體是一切。不是跟你說過，膚淺是真理嗎？媽的，那個身體，那－
個－身－體。回來，不要亂。我是在下成本趕人呢，不要搞錯了。難
道，我也是道貌岸然的心理醫生？聽說他們都是博士。

　　「老杜，不要死。你死了我少筆生意。你要是今天死了，我連今
天的帳都收不到。」

老杜從口袋裡，摸出一張捷運卡。

　　「我的銀行卡給你。隨便刷。」

　　「好。那是捷運卡。」

老杜看看他的卡。

　　「不喜歡？到處跑，到處流浪，不勝過金錢？這張卡可大啦！活
著才可以流浪。懂嗎？」老杜聲音很大。

　　「壞了。觸霉頭了。掏出這張卡給你，大概要到站了。」

老杜的聲音小了，把頭低下去。又想到什麼，把頭抬起來，喝了一
口。

　　「來。喝點。」

我又轉頭，影子還在。

　　「不要擔心。我常喝，知道量，死不了。」老杜說。

老杜拍拍我，顧客安慰起老闆了。

　　「你想什麼，我完全知道。看穿你！」老杜說。

嗯。老闆被顧客看穿了。好。一個被看穿的老闆，和一個清醒的醉
客。清醒？剛才有人說過這個話嗎？好像有道理。喝醉的人，都是哲
學家嗎？不過，被看穿，不是舒服事。我又不是你馬子，幹什麼被你

看穿？換話題！

「老杜。不要老想死的問題。你身體棒。」

「棒？超級棒。但是，這裡痛。」

老杜挺起腰，做了個很酷的動作，按著他的胸口。

「心臟不好？」

「你會搞笑。」老杜又喝了一口。

影子還在。姿勢也還一樣。怎麼回事？這麼有耐力，有耐性。還是，那裡是個假人？是個鬼魂？呸！不說這個。還是…那裡根本沒有人？從來就沒有，只是一團黑？

「痛。」老杜說。

「吃點止痛藥？」

「嘿！又來搞笑。但是…說得不錯。止痛藥！止痛藥…形容得好！」

「要哪個牌子的？」

老杜把頭低下去，哈哈笑起來。

「不要驕傲！」

「嗯。」

「不要以為我那麼需要你。我還有秘方。真正的好牌子。那個東西…是我的法寶。」

「啥？」

「死。」

又來了。

「好。死了好。一了百了。」

「ㄟ-。哪可以？要慢。要體會，要享受，要…過程…」

「享受死？」

「不。享受死一般的痛。慢慢的痛。強烈但是慢－慢－的－痛。」

「喜歡痛？」

老杜抬起頭，把嘴唇噘成一個反的U字。

「不喜歡。只是以痛止痛。一個壓住一個。」

「一個壓住一個？痛？你在上面還是下面？」

「還來！…記住。一個壓住一個。」

老杜伸出食指，指著我的鼻子，點了兩下。

「不能解決，不要希望解決。不要找什麼，永遠找不到。只能…一個壓住一個。」

很好。很清楚。聽懂了。能溝通了。情投意合。老闆和顧客要開始做朋友，醫生和病人要開始一起瘋。踩離合器，掛上五檔！

「好。講話。你為什麼痛？」

「這個問題，說起來複雜。」老杜說。

影子飄過來，跟我們坐在一起。

小天的玫瑰
（完稿於 2009年10月3日）

　　楚嵐和美玲結婚那天，請了十桌客。除了雙方家長親友外，男女雙方各有一桌死黨。女方那桌很正常，大家有說有笑；有人還帶了小孩。男方那一桌，氣氛有點詭異。十個人一桌，只到了四個。祖馨、平康、世芳和小天。

　　「他瘋了嗎？」祖馨歪過頭，對小天說。

　　「不會。很好。有創意。」

小天微笑著。看看桌上的一束紅玫瑰。

　　三天前中午，小天跟她的客戶吃飯。小天客戶愛喝酒，總是喜歡喝酒後帶伴去看刀。台北賣刀的地方不多，專賣進口名刀的店，更是屈指可數。客戶醉醺醺的要這要那；老闆不懷好意，推薦各種高價位手工刀。小天沒有跟他們起鬨，一個人靜靜的參觀。刀，跟小天的世界距離太遠，她向來怕這些東西。但是，今天不同。今天，她對它們有感覺。小天覺得，她的心和那些冒著寒光的利刃，能夠合而為一。她甚至覺得，那些刀在跟她說話。最後，她的眼睛，停在一把大約兩呎的刀上面；一把大馬士革鋼的長獵刀。水鹿角的柄，刀身華麗，有

著暗灰色的摺疊花紋。或者因為花紋的關係，刀鋒顯得刺眼的亮。

「這把刀多少錢？」

老闆是五十幾歲的老男人。表情有點詫異。

「妳買刀幹什麼？謀殺親夫啊？」

小天的客戶哈哈大笑，笑到喘不過氣。

「多少錢？我買給她！」

「摺疊鋼的加長 bowie！手工刀。六十萬。這是我們店裡最貴的刀。」

客戶停止了笑。

「我看看。什麼好刀。」

「這把刀是我的。我要買。我自己付錢。」

客戶，有失面子的感覺。

「小天！妳什麼東西不是我買的？這支勞力士八十萬。不是我買的？」

客戶拉起小天的手，在刀店老闆鼻子前面晃。

「這把刀我要自己買。很肯定。」

「唉喲。很 - 肯 - 定 - 。你聽到沒有？我就喜歡她這個調調。」

客戶又開心的笑了。不知道是因為小天的「很肯定」開心，還是因為那六十萬解了套而開心。

「我刷卡。」

刀店老闆的眼神，有顧忌。

「沒事沒事。有我在。」客戶講。

「好吧。妳的卡有這個額度嗎？」

「我刷兩張。可以嗎？」小天拿出兩張外國銀行的金卡。

「看在妳老公面子上 - 」刀店老闆把聲音拖得長長的，顯然不情

願。

　　小天脾氣不是很好。要是平常，別人問她的信用卡有多少額度，她就會跟人翻臉。要是有人公開說什麼人是她老公，她也會翻臉。但是今天沒有。小天腦子裡只有那把刀的刀鋒。刀鋒散發出冷冷的光，像一顆五克拉的全美鑽戒。小天有點迷惑；怎麼以前不愛刀呢？

　　「刀收好。不要晚上磨喔。」

老闆和小天客戶，互相曖昧的看了一眼；又哈哈大笑起來。小天臉上沒有任何表情。她在想她的銀行存款：等一下，要把存款全部提出來，轉到姐姐的帳戶去。

　　楚嵐怎麼認識美玲的？應該說很偶然。楚嵐在傳播公司做事。有一次，他辦活動，急著需要十盆高腳的花籃做場面。公司小妹請假，他這個專案經理只好自己出動。開花店的人知道，如果靠散客，就要餓飯了。美玲開花店，當然懂這個道理。對於飯店、公關公司、傳播公司等等和花卉有關的行業，她都相當注意。美玲對這個一次要十盆高腳花籃的客人，態度很親切。

　　「請問您做哪一行啊？」

楚嵐的時間不夠了，心裡急，對美玲粗聲粗氣的講。

　　「傳播公司。就在你們隔壁樓上。」

美玲不會對這種客人生氣。臉上始終有甜美的笑容。楚嵐交代了活動場所的時間地址，給了美玲一張名片。要她送完貨以後，到公司收錢。臨出店門，楚嵐回頭對美玲尷尬的笑了笑。

　　「對不起。我講話不是很客氣。…我很急。」

美玲笑得很燦爛。

「沒有事。您趕快辦事吧。」

楚嵐怔了一下，低著頭走了。美玲發現臉有一點熱。怎麼對他講話像熟人呢？是因為他是潛在客戶嗎？是因為他長得好看嗎？就這樣，兩個人算是認識了。

美玲和楚嵐很有些互動，不過止於工作上而已。楚嵐需要花，就找美玲。楚嵐有朋友需要花，就介紹給美玲。就這樣，很普通、很好的關係。但是，美玲的打扮有改變。她衣服穿得越來越鮮豔，似乎反映了她的心情。是心情好呢？還是心情不好，用鮮豔的衣服遮掩呢？就沒人能夠說清楚。美玲的改變，楚嵐終於發現了。一天，他對美玲說：

「你的衣服很好看。」

「謝謝。你也很會穿衣服。」

就這樣，互相讚美著，兩個人的關係有了改變。楚嵐有時候會給美玲打電話，有時候會跟美玲吃中飯。一段時間以後，他們還在假日一起去看電影。他們越交往越深，像是一對還不錯的戀人。只是，是一對淡淡的戀人。他們從來沒有晚上吃過飯，也沒有晚上看過電影。美玲對這件事，很能處之泰然。倒是楚嵐有歉意。

過情人節的時候，楚嵐和美玲去一家有名的餐廳用餐。餐廳小妹很可愛，完全沒有人情世故。

「你們兩個人好登對喔。」小妹眨著眼睛說。

「為什麼不晚上來啊？對喔！晚上比較貴。中午比較便宜。」

楚嵐和美玲笑了笑。對於可愛而無知的人，是不能計較的。吃完飯，兩個人默默的喝著咖啡。

「美玲。我有話跟你說。」

「說。」

「我們交往很久了，我有對不起你的感覺。」

「不要殺風景。別在情人節說你有太太。」美玲笑得很開心。

「當然不是。我沒有太太。」楚嵐喝了一口咖啡。

「你有，我也不在乎。」美玲深深的看著楚嵐的眼睛。

「美玲。我想跟你說…」

「怎麼說？」

楚嵐看看窗外，把膀子交叉在胸前，眼睛有點溼潤，美玲拿給他一張餐巾紙。

「不要哭。有事情我跟你分享。」

「我知道。你對我很好。我們好好。」楚嵐聲音開始哽咽。

美玲也喝了一口咖啡，咖啡並沒有特別苦。

「我都知道。你第一次來我店裡，我就知道。」

「你知道什麼？」

「你記得我們第一次見面，我穿什麼衣服嗎？」

「對不起。」楚嵐搖搖頭。

美玲抬起頭，回憶著那一天。

「我穿一件很性感的 T‑SHIRT。你看我的樣子，我就知道。」

楚嵐呼了一口氣。

「我以為，我已經很敏感了。沒想到跟你比，還是很遲鈍。」

「你又不是女人。」美玲抿著嘴笑。

楚嵐把頭低下。

「不該敏感的時候又敏感！頭抬起來。」美玲去扶楚嵐的下巴。

　　小妹又過來了。

　　「要加水嗎？不要吵架喔。」小妹對兩個人辦鬼臉，好像被她發現什麼大事。

　　「好啦。你不要再過來了。否則我們真要吵架了。」美玲笑著講。

　　「好。不打攪你們。我只是覺得你們兩個人很漂亮。」小妹愉快的走了。好像他們兩個人長得漂亮，她也與有榮焉。

　　「小孩子。」

　　「是啊。小孩子。」

就這樣，楚嵐和美玲越來越好，決定年底結婚。

　　結婚進行曲開始演奏，新人慢慢的走向台前。小天去洗手間，從皮包拿出一把剪子，把長髮齊耳根剪下。又拿出化妝棉，把臉上一些部位擦了擦；看看鏡中的自己，沒有眼影、眉毛、口紅的一張粉臉，白得嚇人。小天苦笑一下，把 CASHMERE 大衣脫下，裡面是一套白西裝。他把大衣隨意的仍在洗手台上。拉拉西裝領子，把耳環拿下。打開水龍頭，用水把頭髮向後攏了攏。

　　小天走回他那一桌，把那束紅玫瑰拿起來。那束花，好沉。

　　「我的媽啊！你要幹什麼？小天！」世芳像是看見鬼一樣。其他的人，錯愕的說不出話。

　　「沒事。大喜的日子，去獻花。」

小天轉過身，呼了一口氣，慢慢的走向新人。

　　「小天！小天－」世芳壓低了喉嚨，緊張的喊他。

小天緩緩的走在紅地毯上，好像是他的婚禮一樣。

　　「嗯，你也是白西裝。新娘也是一身白。很好。就是，沒喜氣。」

小天喃喃的說。

　　「怎麼可以？怎麼可以沒有紅。OK。我給你們紅。」

小天接近新人。新式的婚禮。新郎新娘手拉著手。

　　「女人，對不起了。今天不是妳的婚禮。是我的。是我們的。」

　　小天走到新人背後，把那束玫瑰，用力刺向那件白西裝，拔出，再刺進另外一件。

剪樹
（完稿於 2008年10月25日）

　　放寒假了。一大早，三叔就打電話給我，要我跟他去工作。什麼工作呢？原來是去修剪樹木。三叔不是做這行的，怎麼會接到這種工作呢？我沒有問。大人的事情，不要問太多。

　　八點，三叔來接我。一台小貨車，後面架著奇怪的機器；很像是修理電線桿的機器，也像是消防車上的機器。就是…怎麼說呢？有個方方的箱子，人可以站在裡面；箱子下面有個「之」字形的架子，可以升降。我一直都愛看這種機器。

　　「三叔！等一下要用這種機器嗎？我可以坐上去嗎？」

　　「不行不行！妳站在旁邊看就好。」

　　到了工作地點，原來是個社區小公園。三叔和開車叫阿文的人，把小貨車開進公園。兩個人分兩邊，「一，二，三，四…」的數數。他們在數樹的數目，一棵樹多少錢。最後，要和工錢核對。公園裡的樹不多，只有十幾棵樹要修剪。

　　「三叔。我做什麼事情呢？…我可以坐那個箱子嗎？」

「不可以啦。女生怎麼那麼皮呢？摔下來怎麼辦？妳媽媽要罵死我。」

一提媽媽，我就有話講了。

「三叔－。媽媽不會罵人的啦。媽媽說，我聽話，你就要讓我坐那個箱子。」

「妳媽媽才沒有說呢。」

三叔從車子後面，拿出一個電鋸，上面有很怕人的鋸齒。

「看到沒有？到箱子裡不是去玩的啦。這個電鋸多可怕！有好多鋸齒！妳不怕嗎？要拿著它在箱子裡鋸樹呢。好危險。」

三叔把電鋸拿在手上，晃了晃。

「拿得動嗎？等一下會冒火呢。弄不好，還會爆炸。」

「哎喲－！好嚇人喔。」

「嚇人吧？那就乖乖的。妳去公園玩，不要亂跑。我們要準備。」

　　這個小公園很漂亮。靠馬路的那一邊，有一個牌子；上面寫著關於公園的資料。我看不懂字，但是我看得懂數目字。

「1369M2…」

我小聲唸著上面的字。我還認得M！現在國小一年級就學英文了！牌子的旁邊，有兩棵櫻花樹。我知道櫻花，我還可以分別櫻花和梅花。梅花有單瓣梅、重瓣梅…。櫻花樹幹上的白色花紋很好看。坐在我前面的陳衛民說，櫻花樹幹上的花紋是鬼臉。我看不到鬼臉，我只看到了很多小動物。今年是暖冬，櫻花已經開了；白色的花和紅色的花。好多花！我喜歡花！櫻花旁邊，有楓樹。楓樹的葉子會變紅。可是，這些楓樹的葉子沒有變紅，它們還是綠色的…有一些變了，變成黃色

的。我認為黃色和綠色在一起很好；黃色是太陽的顏色，綠色是草地的顏色。除了櫻花和楓樹，其他的樹，我就叫不出名字。這個公園裡面只有一條小路。樹在小路的旁邊；樹和樹中間，有各種美麗的植物。它們有的開花，有的不開花；有的像藤子一樣爬在樹上，有的爬在地上。我還看見一個瓜！應該是南瓜。小小的，藏在很大的綠葉下面。南瓜好可愛，一定是女生。我蹲下去摸摸它，跟它說「妳好嗎？」

　　電鋸發出了怪聲。轉過頭。看見阿文拿著電鋸，慢慢地升到了空中。三叔站在小貨車旁邊，調整著那個「之」字型的架子。「嘎嘎嘎」一陣響，一棵櫻花的最漂亮部份，被阿文鋸下來了！
　　「啊！不要鋸那個！不要鋸那個！」
我一面叫，一面跑過去。那一大枝櫻花，已經掉在地上，發出「嘩啦啦」的聲音。美麗的花，就這樣散了一地。有一些，掉在地上，又彈了起來。又掉在地上。
　　「幹什麼！幹什麼！阿文。停一下！」
三叔離開機器，跑過來。把我擋在櫻花樹的前面。
　　「哎呀。妳不要過來！」
三叔抱起我，跑到公園中間，才把我放下。
　　「嚇死人啊？妳幹什麼？妳幹什麼？樹枝掉下來打到怎麼辦？」
　　「三叔！你們把漂亮的花剪掉了！」
　　「我們就是來修剪樹木的啊。」
　　「那你們要剪掉醜的啊。為甚麼剪掉漂亮的嘛？為什麼嘛！」
電鋸「嘎嘎嘎」的響。阿文在半空中，又鋸掉一根大樹枝。上面有好多花！我還看見樹枝上面，有一個鳥巢。裡面一定有小鳥！

「不要啊！不要鋸掉了啊！」

我嗚嗚的哭起來。一面哭，一面踩著腳。

「怎麼回事啦？不要哭。不要哭嘛。」

「你們幹什麼啊？小鳥摔死了啊！」

三叔回頭看了看。

「沒有啊。沒有小鳥啊。」

「有啦。」

我一面哭，一面跑過去。三叔從後面把我一把抱住。

「怎麼回事啊？」阿文把電鋸關掉。

「咳…這樣要做到幾時啊？」阿文從口袋裡摸出一包菸，拿在手上。

「沒有事情。小孩子鬧啦。」三叔對著半空中的阿文，笑了一笑。

「喂！不要再鬧了！妳看阿文生氣了。妳再鬧，我要告訴妳媽媽，打妳屁股！而且，我以後再也不帶妳出來玩。」三叔鼓著眼睛說話，有一點不高興。

「不可以再過來。聽話。等一下，買東西給妳吃！」

我用力的踏步，走到一張雙人椅那裡坐著，瞪著他們。他們繼續鋸樹，繼續把漂亮的樹枝和花朵鋸下來。我很想過去看那個鳥巢。想到窩裡的小鳥，我又哭了起來。電鋸的聲音很大，沒有人聽見我哭。

就這樣，一棵、兩棵…漂亮的樹和花都被鋸掉。整個小公園不一樣了，變得光禿禿的，很醜。透過那些光禿禿的樹枝，天空仍然一樣。只是沒有了茂密的綠樹和花朵，天空看起來很單調，有點亮的刺眼。阿文做完工作，「之」字型的機器把他放回地面。他揹起了一個

箱子，手上拿著有小電扇的棍子。按了一個按鈕，小電扇發出難聽的
聲音。阿文走到花草多的地方，用那個有電扇的棍子，掃過各種顏色
的花草。那些漂亮的花草，立刻被電扇切斷了！它們隨著難聽的聲
音，飛到空中。它們不再漂亮，像垃圾一樣的散落一地！阿文要走到
有小南瓜的地方了！我想要站起來，去救那個南瓜。可是，看到三叔
在看我，我只好用手把眼睛蒙起來。電扇繼續的響，聲音越來愈可
怕。那是它打在石頭上的聲音。我從手指縫裡往外看，沒有看到什
麼，小公園不見了！

「好啦。機器關掉了。做完了啦。」三叔把我的手從臉上拉開。
「哎呀。怎麼哭成這樣子呢？」
我開始大聲的哭。三叔沒有管我。因為有一個胖胖的伯伯過來，三叔
要跟他講話。
「里長伯！做完了。不輕鬆呢。」
「哪會不輕鬆，小事情啊。」
我一面哭，一面聽他們講話。他們講著講著，聲音漸漸大起來。
「我給你們找這樣的工作，不簡單。」
「說好三個人的工錢嘛。」
「哪有三個？小女孩也算嗎？她做了什麼？」
「里長！這樣不對！說好三個工，你一定報銷了三個人的工
錢！」
「ㄟ！你這樣說話，沒大沒小！你根本不是做這行的，算是你借
人家的牌呢。你又借牌，又加一個小孩，還敢跟我說什麼三個人的
工？」
三叔的臉，紅了起來。

「你⋯你這個公園，沒事就修剪。賺不少啦。我們做農的怎麼會不知道？這些樹木根本就不需要修剪！再剪就不會活了。」
胖胖里長伯沒有生氣，臉上有可愛的笑容。
「不活不是很好嗎？再讓你去買樹苗啊。」
「嘿嘿⋯但是，這一次還是算三個人的工錢。」
「哎。好啦。互相啦。」
里長伯走了。三叔拿著一疊錢，數了一些給阿文。我沒有管這些事。我跑到櫻花樹下，去看鳥窩。鳥窩是空的。我想，鳥媽媽應該帶著她的寶寶飛走了。我抬頭看看天空，沒有看見什麼。我又跑到楓樹下面去看南瓜，南瓜不在那裡！我想，可能被阿文撿走了。那麼可愛的南瓜，每個人都會喜歡。對不對？阿文的口袋好像鼓鼓的。南瓜一定在那裡！一定在！在嗎？
「走吧！小丫頭。」
「三叔。」
「什麼事？」
我嘆了一口氣，沒有說什麼。
「咦？嘆氣啊？」三叔做了一個奇怪的表情。
「這麼小的孩子，怎麼會嘆氣呢？」

大家坐上車，準備回家。可是，車子不能發動。阿文講了一句髒話。三叔下車去，站在車子旁邊抽菸。我沒有注意阿文，也沒有注意三叔。因為我發現車窗上黏著樹葉、花瓣，還爬了一隻美麗的大天牛。它斷了一根觸鬚，少了兩隻腳。我想趕快回家，我不想看那隻天牛。可是，車子還是不能發動。

桂枝拜廟
（完稿於 2009年11月21日）

　　神明啊，請幫助我，賜給我力量。我每年都有來拜…以後，我會每個星期都來！好嗎？對了，祢喜歡什麼呢？花嗎？會不會太素了？

　　桂枝走進廟門口，一個小女孩拿著幾把花，抬頭看著桂枝。
　　「阿姨，買花拜神嗎？」
桂枝看看小女孩，又看看香煙繚繞中的神明。這麼巧？祢是要花嘍？很好，祢要我就買。我說的事情，祢可要答應我。否則…沒有啦，沒有否則啦。對不住，對不住，哈哈，我該打，該打。
　　「花多少錢？」
　　「一把兩百。」
　　「哎－喲－。夭壽喔。這麼小的孩子就會敲竹槓。你還敢在這裡賣！不怕神明罰你。五十！不肯就算了。」
　　「五十太少了。」
　　「走啦。嚇死人。兩百塊！」
小女孩很世故，轉身就走。
　　「要拜，又不要拜，神明才會罰你喔！」

「喂！妳給我回來！」

人很多，大家擠來擠去。桂枝好不容易佔了一個位置，把花放在公用的大供桌上；花的左邊有一個大豬頭，右邊有一碗黃黃的糕餅。桂枝看看她的花，覺得在供桌上還滿搶眼。她又看看豬頭和糕餅，心裡盤算著價錢。沒有吃虧！桂枝的心情轉好，兩百塊錢不算多。

「ㄟ，不要推我啦。」一個老頭子粗聲粗氣的罵桂枝。
神經病！有夠衰。桂枝正想回罵，忽然想到是來拜神的。嘿嘿。神明在考驗我呢。我的祈禱會很靈，你的不會！因為…因為你在神明前面罵我！你犯戒，你不誠敬。桂枝又看看她的花。兩百塊！你知道嗎？桂枝狠狠的瞪那個老頭子，心裡面不乾不淨的詛咒著。

對了，要清心寡欲，才可以跟神明講話。桂枝把對老頭子的怒氣放一旁，開始跟神明祈求。祈求什麼呢？當然是重要的事情啊。不然，誰要老遠跑來。啊！對不住，對不住，犯口業。前面的都不算！重新開始！桂枝閉上眼睛，把精神專注起來。

神明啊。祢一定要管好我那個死鬼！祢知道，最近越來越不像話。就是隔壁理容院的琇琇嘛。莫名奇妙！三十多了，又離過婚。離婚就是沒人要，什麼了不起！穿的那個樣子，奶子都快爆出來！我們家那個死鬼啊，真的喔！我真的看見他盯著那個琇琇流口水。真的！不騙祢。其實，死鬼對我還可以啦…也是我自己條件好，身材不錯，又會理家，脾氣又好…啊！見笑！不說這些。神明啊。如果死鬼再看那個琇琇，就讓他眼睛瞎掉！啊！不行！不行瞎掉！隨便說的…他瞎掉還要我伺候他。我才三十五歲…四十五，五十五。天啊，好可怕，

青春要逝去了！對不住，又亂亂想。對啦。請不要對付那個死鬼，要對付琇琇啦。要她變癡肥，奶子又下垂，每個月不順…桂枝把眼睛張開一個小縫，左右看了看。可以這樣祈求嗎？可以啦。她又看看供桌上的花。

人越來越多，桂枝被擠著往前移動了一點。有人踩到她的腳後跟，桂枝的鞋掉了一隻。

「喂！你死人啊！」

桂枝回頭大罵。罵完了，還保持著「啊」的嘴型，很久。因為，她看見人潮的後面，有兩個親熱說笑的人影－那個死鬼和琇琇！天啊！有這種事！他們兩個竟然敢來逛廟，還那樣親熱！一定是求神明保庇他們的愛情…保庇生子？呸！呸！太可恨了。

「死鬼—！你好大膽！你給我死過來—！」

桂枝個子小，聲音可不小。她雙手亂揮，一面跳，一面叫。在吵雜的人潮中，桂枝的聲音和動作，被淹沒；當然，也吸引了一些目光和笑聲。最可惡的是，死鬼和琇琇竟然沒有看見她，繼續的說笑。桂枝氣瘋了，另一隻鞋也不見了。人真的很多，緩慢而結實的移動著。桂枝看著那兩個人，擠不過去！好！沒關係！桂枝死命的推著、拉著，終於到了供桌旁邊。桂枝看見她的花，看見其他各種供品。她毫不猶豫的抓起那個大豬頭，用力扔向後面！扔向那兩個殺千刀的！

有效了。有效過頭了。進香人群開始騷動！大大的騷動！

「喂！幹什麼！是誰？是誰扔豬頭？」

「你罵誰？誰是豬頭？」

「不是罵豬頭！是扔豬頭！敏感？是你扔的嗎？」

所謂失控，大概就是這種場面。

「你幹甚麼？喂！」

「你要幹誰？」

「我沒有要幹你，我是說，豬頭—」

「喂！喂！不要碰我！」

「當心小偷！有—小—偷—！」

進香的人們，變成一個方向不定的大漩渦；一個橄欖球場上的亂集團。其間，不時有東西從漩渦中飛起來，又掉回漩渦中。神明還坐在那裡，透過繚繞的香煙，看著那個漩渦。

在這一團亂中，桂枝的心，反而安定下來。她捲起袖子，光著腳，冷笑，擠向廟宇的牆壁；沿著牆壁，擠向始終盯著的那兩個人影！哼哼！神明保佑！神明顯靈！宰了你們！桂枝到了那兩個人的背後，使盡全身力氣，掄起拳頭。那兩個人忽然轉過身。桂枝瞪著眼、張著嘴；傻了…神明啊！怎麼了啊？你不喜歡花，也不要這樣啊！

一個老太婆氣極敗壞的，帶著幾個廟祝擠過來。

「就是她！扔豬頭的就是她！」

遠遠的，似乎可以聽見警察在吹哨子。以桂枝的反應和身手，她早就跑掉了。但是她沒有跑，只是站著發呆…怎麼說？說不出來。感覺到有人把她的膀子抓住，把她推出廟門。隱隱約約，聽到有人大聲罵什麼「公共安全」、「公共危險」。怎麼回事？神明什麼意思啊？惹事了，要被送警察局了！怎麼會呢？怎麼會…看錯人呢？原來…不是死鬼和琇琇啊！

　　桂枝跟著一群人往外走，腦子空空，神情茫然。她又看見那個小
女孩，聽見那個小女孩的聲音。

　　「阿姨，買花拜神嗎？」

吃飯

（完稿於 2009年6月21日）

之一

又是好幾天了，應該給媽打個電話。也不能說有多忙。只是，給媽打電話，總是犯躊躇。每次打電話，都是稟告要回家吃飯。很多事情，回家說也就可以了。非要在電話裡講不停！當然，九十歲老人寂寞，希望有人說說話，我都明白。但是，說來說去都是那些。要是聽她講，能講一個鐘頭，好像要把所有的話都講完。講了些什麼？什麼重點也沒有！溝通？怎麼溝通？一個人九十歲了，還要溝通？如果我有九十，一定吃吃喝喝，安安靜靜，等待生命的結束。

「媽。是我。是－我！聽得到嗎？」

「好久沒有聽到妳的聲音了。妳怎麼不回來呢？怎麼也不打電話呢？」

「嗨。我每個禮拜都固定回來。今天不是又打電話了嗎？」

「妳哪裡有回來？妳好幾個禮拜沒有回來了！」

「我不跟你說這些。我今天回來，可以嗎？」

「好。家裡什麼都有…」

「不要弄什麼。回來看妳最重要。七十公斤了。我在減肥。拜託拜託，不要弄什麼。回來再講吧。再見啊。」

又到了要回去的時候。好緊張。不知道要給我吃什麼？為什麼總是弄那麼多呢？吃飽了不是就好了。減肥減得好辛苦，一個禮拜稍稍瘦一點，回家吃一頓，馬上恢復原狀。長時間的白費心血，長時間的惡性循環，真是令人不能忍受。為什麼？為什麼？一打電話回家就緊張？

「回來啦？」

「回來了！」

「飯桌那裡坐，馬上吃飯。」

天啊。我就知道。又是一桌菜。不是說了減肥，請多多體諒了嗎？唉。頭疼。心跳得好快。這種事情一再的反覆，沒有辦法了啊。真是有要爆發的感覺。唉。在說什麼呢？怎麼都聽不見了？要忍耐。要忍耐。還在說！不能不說嗎？停下來吧。還是不停！

「上菜了。上菜了。還好吧？合胃口吧？」

「合什麼胃口？我還沒吃呢！」

「妳說什麼？聽不見。阿妹－！我的助聽器呢？」

還是一樣！還是一樣！為甚麼別人說話，就聽得見呢？阿妹是菲律賓人，連她的奇怪國語，都聽得見，聽得懂。為什麼就是聽不見我

講呢？頭要炸了，血壓一定高得不像話。是故意的嗎？很有可能。為了聽我多講話，假裝聽不見，要我一次一次的重複。沒有不願意重複，但是要提高分貝喊著講話，受不了啊。長年累月，受不了啊。

「好了。不說了。吃吧。」

發愁啊。這一塊餅和肘子，就是一頓的標準熱量了。總有六百卡。還吃不吃別的呢？又來了。三大匙。好了－！

「妳怎麼不吃呢？紅燒雞噌噌。來。來個腿。」

我真要發脾氣了。真要發脾氣了。這樣子，已經不是減肥的問題了。這裏面有找麻煩的意思。雞翅膀？

「欸。欸。妳怎麼放到我碗裏呢？」
「好吃啊。妳怎麼不吃呢？」
「妳說什麼？我聽不見。」
「我說妳為－什－麼－不－吃？為－什－麼－拼－命－塞－給－我！妳知不知道，我已經六十啦。六十歲啦。我頭髮都白啦－！也快死啦－！」
「還真聽不見。阿妹－！」

不要叫了！不要叫了！我不要吃餃子。牛肉餃子，一定很油。唉！魚又來了。不要。不要夾給我！我要瘋了。要瘋了。

「哎呀！」

「妳搞什麼？阿妹！怎麼把餃子打翻了呢？」

「不是我。…是小姐。」

「嘎？小姐？小姐怎麼會打翻餃子？小姐呢？阿妹。小姐呢？」

「小姐跑出去了。」

之二

已經五天了，怎麼女兒還沒有電話呢？為什麼不打個電話呢？當然，她很忙。一定是忙！她怎麼那麼忙？希望不要把身體弄壞，身體最重要。忙什麼呢？忙也不是理由啊。耳朵不好。講電話，耳朵貼著機器，是個機會，可以把話講清楚。每次，她都耐心的聽我講。有時候，太忙，也就說要掛電話，回家再講。女兒還是不錯的，就是溝通少。人怎麼能不溝通呢？九十歲了，還不溝通，什麼時候溝通。不動不行！總不能天天吃吃喝喝，等死吧？

「媽。是我。是-我！聽得到嗎？」

「好久沒有聽到妳的聲音了。妳怎麼不回來呢？怎麼也不打電話呢？」

「嗨。我每個禮拜都固定回來。今天不是又打電話了嗎？」

「妳哪裡有回來？妳好幾個禮拜沒有回來了！」

「我不跟你說這些。我今天回來，可以嗎？」

「好。家裡什麼都有…」

「不要弄什麼。回來看妳最重要。七十公斤了。我在減肥。拜託拜託，不要弄什麼。回來再講吧。再見啊。」

要回來了！要阿妹去多買點菜！紅燒雞？還有什麼？蹄膀？一定要的。小時候愛吃蹄膀。黃魚？炸一盤黃魚？炒蝦仁忘記了，也一定要。對了。做牛肉蒸餃吧。還要烙餅，烙餅是外面吃不到的。吃不飽不行！電話還是沒講上什麼話。忙啊。她一定有很多話要講。

「回來啦？」
「回來了！」
「飯桌那裡坐，馬上吃飯。」

高興了吧？不少菜啊。會不會少呢？怎麼皺著眉頭呢？一定是太累了。說說話聊聊天吧。什麼事情，說出來就好。不說話多憋得慌。怎麼還是不說話呢？工作上有心事。要問出來，可別憋出病。這種事情，急不得。我慢慢講，她總會透露，講出來就好了。

「上菜了。上菜了。還好吧？合胃口吧？」
「合什麼胃口？我還沒吃呢！」
「妳說什麼？聽不見。阿妹－！我的助聽器呢？」

就是這樣！明知道女兒要回來，也不把我的助聽器準備好。這個阿妹！好了。戴上了。嘎？說什麼？說什麼哪？還是聽不見。只看見嘴唇動。什麼助聽器！沒有電池了嗎？不會啊。不是才換過的嗎？是才換過的嗎？不記得了。還不行。阿妹！阿妹－！這個傢伙。要把她換掉。

「好了。不說了。吃吧。」

肘子好！來塊肥的。不要吃。先不要吃！再來塊餅。對嘍。把肘子夾著餅吃麼。好啊。順嘴流油！怎麼會不好吃。蝦呢？蝦不好夾餅。來！用勺子舀！多點。多一點！

「妳怎麼不吃呢？紅燒雞噌噌。來。來個腿。」

這個阿妹，就是不行。紅燒雞好像不是很爛，不大入味。沒關係。翅膀好，翅膀入味。來，來個翅膀。

「欸。欸。妳怎麼放到我碗裏呢？」
「好吃啊。妳怎麼不吃呢？」
「妳說什麼？我聽不見。」
「我說妳為-什-麼-不-吃？為-什-麼-拼-命-塞-給-我！妳知不知道，我已經六十啦。六十歲啦。我頭髮都白啦-！也快死啦-！」
「還真聽不見。阿妹-！」

怎麼不高興的樣子？不好吃！準是這樣。魚和餃子呢？魚來了，要吃熱的。餃子呢？不是包好了嗎？我跟阿妹一起包的啊。餃子要浮起來才行。要點水三次，要蓋蓋子。阿妹會嗎？阿妹。阿妹-！

「哎呀！」
「妳搞什麼？阿妹！怎麼把餃子打翻了呢？」

「不是我。⋯是小姐。」

「嘎？小姐？小姐怎麼會打翻餃子？小姐呢？阿妹。小姐呢？」

「小姐跑出去了。」

　　什麼？跑出去了？阿妹！妳看妳把她氣的。還是，太忙？看吧。忙得連飯都不能吃。

無事，說愁，淡水線
（完稿於 2009年1月3日）

怎麼又是他？怎麼回事？撞邪了嗎？離不開了嗎？

已經五年了。那年大一，有一門通識課。他上我們的課；很高大，很有威嚴，完全不笑。這種老師很少了，現在的老師都要說笑話，和學生打成一片。最好下課後，還要和學生混一混，這樣才是受歡迎的老師。他完全不同，好像一尊雕像，周圍有冷氣團。談問題，也都很嚴肅。他擔心我們的發展，認為我們程度差。不過，他並不怪我們。他說二十歲以前，家庭和學校要負全部責任。他還說過很多嚴肅的話，記不清楚了。反正，他和所有的老師都不一樣。對了，他也會說笑話。只是，他的語氣和詞彙都很奇怪；很好笑，但是我們都不敢笑。他也不笑。我每次都坐得很前面，盯著他看。

今天本來不想出來。年初一，還跑到淡水去玩。美珍和佳惠心血來潮，非要去漁人碼頭搭渡輪。這種天氣，我的鼻子不舒服。淡水不到十度，一定要病好幾天。其實，也沒有什麼；再不出門，我反正也要病。

　　大家約在士林見面。我一上捷運，就看見他坐在那裡。還是那個樣子。簡單的黑色長大衣，領口扣得很緊。頭髮比以前短，比以前白。美珍還是那麼三八，過去叫「老師好」。旁邊的人，有好奇的眼神：是做老師的嗎？我躲在後面。不過，我想他看到我了。

　　「老師你住在淡水嗎？」美珍還要講話。

　　「你是去淡水玩的嗎？」還要講個不停。

他依然是那個樣子，沒有表情。像日本電影裡的海軍大將。

　　上了一年的課。他講得很好。藝術是他的專長；很有學問，表達得也很好。就是不笑。我就這樣看了他一年；每個星期，都等著看他。開始，盼望他笑。後來，心裡面唸：拜託，拜託，千萬不要笑。我就喜歡你這個樣子。

　　捷運跑得好快！他有看我嗎？管他。反正我是不會看他！可是，很自然的，還是把右邊的臉頰轉向他。大家都說我右邊比較好看，我也這樣覺得。一定要笑，要讓他知道我很好。畢業一年了，我一直都很好。還不錯，笑得還算很自然。

　　大二，真是混亂的日子。離開 freshman 的青澀，又不知道要找什麼。有演奏會，送了票給他。預演的時候，從好多角度看他的座位。確定他可以看到我，我可以看到他。結果，演奏會那天一片黑壓壓。他來了，我不知道在彈什麼東西。還好，團體表演，不差我一個。

車子到了唭哩岸。我拉著美珍和佳惠，站到另外一個車門口。理由是這邊風景好。事實上，是可以躲在深色玻璃後面看他。奇怪了，怎麼會有這種想法？我根本不想看他！他怎麼不看我呢？也許他看我的時候，我正好沒看他？好累！又要和美珍佳惠講話，又要做表情，又要看他。氣死人了。他為什麼不看我？

演奏會那一晚，我給他發了 e-mail。問他：「我們可以成為戀人嗎？」他回了我一個 e-mail，叫我好好讀書，有關藝術的事情可以問他。他答應了嗎？我想了好久，我認為他答應了。他想了個辦法，讓我們可以走得更近。後來，有演奏會我都寄票給他。他也都來聽。

進了北投站，可以接軌到新北投；有一點顛簸。討厭！美珍踩到我的腳了。我新買的鞋子啦。剛想要發作，眉頭皺了一半，竟然變成笑臉。他看到了嗎？他沒有看過我發脾氣。也許我應該讓他看我發脾氣。他看見我生氣會怎麼樣呢？會嚇到嗎？會心疼嗎？不要亂想了。他連看都不看我。他看我了嗎？

我們的關係就是這樣。除了演奏會外，也沒有見面，也沒有聯絡。也不是完全沒聯絡，聯絡還是有的；我有給他 e-mail，說我的近況。他總是談藝術的事情。我也不是不愛聽；只是，他總是談藝術的事情。我想，他一定有想法。他一定是要訓練我，把我訓練的有氣質一點。那年夏天，我要回南部。鼓足勇氣去找他。表示學校的條件不好，可以把琴寄放在他那裡嗎？他沒有拒絕。去找他，講了半個小時的話。不是談藝術，就是談時事。難道他心裡沒有我嗎？不會！他懂我的意思。把琴留下，就是把情留下。他一定懂得。否則他怎麼會讓

我放…？他只是很含蓄。他跟別人不一樣。我要接受他的沉默，他一定不喜歡聒噪的女人。

「喂！小姐！妳在說什麼啊？你有聽我講話嗎？」佳惠嘟著嘴。也是。心不知道哪裡去了。聳了聳鼻子，表示鼻子不舒服啦，都怪她們啦。鼻子敏感也有好處，可以用來敷衍，可以用來解圍。

琴放在他那裡好久，終於要拿回來了。去拿的那一天，他竟然給我一個電話；唯一有過的一個電話。他說有事情要出去，琴放在樓下伯伯那裡。他還說伯伯很可靠，沒有問題，都交代好了。交代好了？他對伯伯交代好了？他對我有交代嗎？我再也不要理他了！

好奇怪！我忽然講了一個笑話！講得很好笑。美珍和佳惠都笑得東倒西歪。真的很奇怪。完全不自覺的情況下，竟然可以講一個完整的笑話！我的腦子分成兩半！一半應付美珍和佳惠，另一半想他。我要瘋了嗎？

就這樣，我算是跟他吵架了。但是，日子很難過。我不能主動跟他聯絡，怕他看不起我。我一天到晚反覆的想著，到底是誰的錯？我想不清楚，記不清楚。記憶中的一切，是不是真的，我也弄不清楚。就這樣，渾渾噩噩的過了兩年。我只記得，常常給他發簡訊。可是，怕他回我，又怕他不回我。我就把他的號碼和美珍的號碼作成群組。不回，就算了。回，就說我弄錯了，不是給他的。這樣，兩年，我把給美珍的簡訊，都給他一份，讓他知道我在做什麼。讓他知道我難

過；讓他知道我寂寞；讓他知道我心裡只有他；讓他知道有別的男生追我；讓他知道我很墮落…甚至可以考慮接受同性的愛情。那兩年，我對他的愛，都在給美珍的簡訊裡面。

捷運到了淡水。我不知道要如何應付。他會走過來嗎？他會…結果，我們三個人叫著笑著跑出車門，衝下電扶梯。我叫美珍和佳惠去上廁所，說等一下找廁所很難。她們去了廁所。我深深的吸了一口氣，回過身，瞪大眼睛，看著電扶梯下來的人潮。我一定要瞪著他看，我一定要他看我。他走下電扶梯，停下來，左右看了看。我知道他是在找我。我生硬的舉起手，對他搖一搖。人好多好多，他被人潮推動著，漸漸被擠向出口，漸漸被擠出去了，看不見了。看不見了。我的淚水，像瀑布一樣的流下來。我不知道，一個人可以有那麼多的淚水。我把臉轉向海口，忘記把手放下。

還好，海口的風好大、好冷；等一下美珍和佳惠回來，我可以告訴她們，我鼻涕眼淚流不停，都是她們害的，我要病了。

打了一個噴嚏。好冷好冷。我很高興他被擠出去！很高興！我很高興…他想找我，找不到，結果被擠出去！這樣，他永遠也看不到我了，我永遠也看不到他了。只是…淡水好冷。他也冷嗎？冷嗎？我真的要病了。

窗外一陣大聲響
（完稿於 2008年3月2日）

　　路沒有了，盡頭是一道石牆。向右轉，順著石牆走。牆上有一道空隙，大約半尺多。探頭過去看，裡面沒有什麼可怕。只是一片黑。擠過去罷，過去罷。⋯

　　慢慢的，眼睛習慣了黑暗。慢慢的，周圍有了顏色。低下頭，看見鞋子，檸檬黃；邊上有黑線。鞋底鞋面間，有一圈白色的橡膠。⋯

　　走在木板小路上。小路很窄，左右都是樹林。銀白的樹幹，紫羅蘭的葉。葉子之間，好多金色小花。樹好多，葉子好茂密，花也好茂密；把天空遮住一半。透過紫葉和金花，可以看見天空。寶藍的天空，粉紅的雲在飄。雲和雲之間，好多星星；各種顏色的星星。⋯

　　右邊樹林看出去，有一條小河。河水泛著玫瑰紅；河中間，有幾塊乳白色的小岩。玫瑰色的河水，經過小岩，濺起銀色的水花。水流得很慢，水花濺得也很慢。銀色的小水珠，在空中閃閃爍爍。左邊樹林看出去，有一片草地；水藍色的草地。草地上，跑著幾隻小鹿。白

色的小鹿，身上有彩色的點。小鹿跳著，彩色的點也跳著；像小鹿身上有好多蝴蝶飛。小鹿跳得很慢，蝴蝶飛得也很慢。…

一陣大聲響！杯子晃動，咖啡灑到桌上。往窗外看，黑色的旅行車，橫在馬路中間。離車子不遠，一個婦人躺在地上。灰色的上衣，黑色的鞋；深灰的褲子。咖啡店門口，抽菸的男人站起來，往馬路那邊跑！對面麵攤老闆，越過幾張桌子，向馬路這邊跑！麵攤上吃麵的女人，尖聲驚叫。經過咖啡店的小孩，捂著嘴蹲下去；雨傘掉在地上。黑色旅行車疾駛而去，婦人躺在地上。

該死啊！跑了啊！趕快報警！你死人啊！快點！快點救人！看看！看看還行不行？怎麼啦？不知道啊。看到車牌了嗎？趕快看！看見了嗎？唉呀！流好多血。趕快！有什麼東西？有布嗎？電話打了沒有？要不要叫三樓李太太？她是退休護士啦。

扶起來，扶起來！不要扶啊，在流血啊！頭墊高！頭墊高！墊什麼啦？趕快壓住傷口！血要流光了！唉呀！是誰家的老人啊？怎麼辦？要不要叫家屬？是誰家的啊？警察來了嗎？我看見她在馬路中間站好久。多久？大概十分鐘吧。壓住傷口了嗎？怕什麼！救人啊！神明都在看啊。是不是自殺啊？站在馬路中間？亂說什麼！可能是失智！是不是瘋子？好像哪裡看見過！啊！啊！要說話了！
　　「…要跟我結婚了！」
警察來了！借過！借過！借過啦！
　　「…帶我去看…卡通電影！」
是不是看見車牌了？說什麼？不要擋住她！

「大間的戲院！…美國電影！」

說話了！讓警察聽！讓警察聽！說什麼？

「…彩色…好多彩色！…好多…」

幾號？什麼牌的車？什麼牌的車？

「說要…結婚！…好好啊！…卡通電影！」

不行了！天啊！不行了！還在說！在說什麼？在說什麼啦？

天堂的規矩
（完稿於 2011年4月1日）

　　Dr. F 和 Dr. S，在辦公室門口站了很久。喝完三杯茶，小點心也不可口。至於牆上的圖畫，更是不能激起他們的興趣；清一色的中世紀宗教畫。雖然，兩位先生來回走著的時候，曾經忽遠忽近的端詳著那些畫；並且，用食指和拇指托著下巴，發出嗯嗯的聲音多次。

　　Dr. F 和 Dr. S（下面簡稱 F 和 S）都是高傲的人，彼此並不認識。在沒有人招呼的尷尬情況下，他們終於相互點頭，開始了對話。

　　「請問？您是？」F 問。

　　「喔。您好。在下是 S。您是？」

　　「我是 F。」

　　「是的。是的。」S 客氣的回答，語氣裡沒有什麼熱情。

　　「您也在等著見…」

　　「是啊。您？」

　　「也是一樣。」

　　「抽菸嗎？」F 拿出一個菸匣。

　　「不了。謝謝。就是因為抽多了。」S 不自然的笑了笑。

「那是。那是。」F把菸匣又放回口袋。

「這裡的條件…怎麼樣？」S試探的問。

F做了一個無奈的表情。

「坐著談談？」

兩個人找了走廊盡頭的沙發，坐下來。

「嘿嘿…條件不大好。跟想像中有距離。」

「是嘛。當初為了要來這裡，花了不少功夫，不少心血。」

「唉。多年的累積啊。」

F和S同時嘆了一口氣。

「你看看。連熱水都沒有。每天走好遠才能洗熱水澡。」

「就是。回寢室以後還是冷得發抖。沒想到這裏緯度這麼高，這麼冷。」

「是啊。還睡寢室，住通舖。我以為…」

「我也以為啊。想當年…」

F又去拿他的菸匣。

「來一根？Cohiba！卡斯楚抽的。不壞。」

S看了看那隻大Cohiba。摸了摸鼻子。從褲子口袋掏出自己的煙斗。

互相點了火，噴出濃濃的雲霧，F和S放鬆了，各自找個舒適的角度，窩進沙發裡。

「我是做老師的。美國，普林斯頓大學。」F把頭抬了抬，期待著S的回應。

「巧極了，我也是老師。瑞士。」

F似乎想到什麼，把蹺著的腳放下。

「瑞士？不會是蘇黎世科技…」

「正是。」S 似乎也想到什麼，猛噴了兩口菸。

基於普大的教授派頭，F 認為，他不能過於輕信。在外套口袋裡摸了半天，找出一張皺巴巴的名片。F 戴上眼鏡，看了看那張名片。上面印著 Professor F。

「沒錯，是這張。我是 Dr. F。」

S 接過那張名片，先看了看背面，又翻過來。

「久仰。」S 也去找他的名片。結果，在煙斗皮袋裡，找到一張粘著菸絲的發黃紙片。上面印著 Professor Dr. S。

「啊。Professor Dr.。歐洲規矩啊。」

對於 F 的內行回答，S 產生了很大的信任。他移動一下位置，瞇起眼睛，噴了一口菸。

「很巧啊。」

「是啊。」

「你說，我們…會不會想著同一件事呢？」

「有可能。」

「這樣吧。您和愛因斯坦…有關係嗎？」S 問。

「有的。我曾經是他普大的學生。」F 咳了一聲，表示對於這件事的重視。

「是嗎？我就覺得有可能。真是無巧不成書。我是他唸蘇大時候的教授。」

「啊。這麼說您是我的師祖了。」F 嚴肅的站起來。向 S 鞠躬，並且伸出手。S 沒有站起來。但是緊緊的握住了 F 的手，顯得很興奮。

「哈哈。真沒想到。在這裡遇到。」S 用力的搖著 F 的手。

兩個人攀上關係的興奮之情，很快就過去了。

「你說說看。他們為什麼這樣對我們啊。」面對自己人，S 不再遮掩他的不滿。

「我真的不知道。」F 攤開雙手。

「不過…我知道愛因斯坦也在這裡。他的環境可好了。兩層樓的小別墅，外帶廚師、園丁和女佣。兩個女佣！一個美國的，一個德國的。」F 小聲的補充。

「我也知道啊。」S 提高聲音。

「真是豈有此理！我是愛因斯坦的老師啊！」
F 謹慎的看看左右。拍了拍 S 的肩膀。

「是很不公平。我是愛因斯坦的學生啊。」
S 低頭看著地板，把身體靠近 F。

「你說，我們要不要託他…說說人情？」

「可以的。老師對我很好的。」F 說。

「嗯嗯。我對他也很好。」S 說。

「這樣下去不行。待遇差太多了。」

「你看？怎麼進行？」S 問。

辦公室的門開了，一個男秘書探頭出來。

「Dr. F 和 Dr. S 在嗎？」

「是我。」

「是我！」
兩個人立刻站起來，跑步過去。彼此有些小擦撞。

「啊。抱歉。」男秘書走出辦公室，把門帶上。

「是這樣的。請原諒。我們從來沒有犯過這種錯誤。」
F 和 S 點頭致意，並且露出寬容的微笑。

「事實上。您二位根本不該來這裡。只是，不知道哪裡弄錯了。」

「嗄？什麼叫不該來這裡？為什麼不該來這裡？」S 控制不住他的怒氣。

「不要暴躁。對二位一點好處也沒有。」男秘書做出優雅的手勢。

「這樣說明吧。你們來這裡…就好像…買了經濟艙的飛機票，結果坐了頭等艙。空服員發現了…只好請您坐回去。」

「坐回去？這種比喻太侮辱人了。你知道我是愛因斯坦的學生嗎？」F 大聲的咆哮。

「你知道我是愛因斯坦的老師嗎？」S 也大聲咆哮。

男秘書做出另一種優雅的手勢。

「我都知道。但是，只有他偉大，所以他來這裡。至於二位，不能夠隨便攀這種偉大的關係。這裡的規矩不是這樣的。愛因斯坦的老師和學生，就可以跟著愛因斯坦一起上天堂麼？…那是不道德的。」

F 和 S 面面相覷，不知道要說什麼好。

「好了。就這樣了。那麼，我們會請專人打包…送你們出去。」男秘書輕巧的說。

F 年紀輕，腦筋轉得快。

「你說什麼？你說打包嗎？嗄？你們弄錯了，還要侮辱我們。你們有行政上的疏失，還有態度上的問題。我們要見上帝！我們要抗議！你們這裡什麼爛規矩！」

「天堂的規矩不能更改。天堂不接受任何抗議。至於上帝…他跳舞去了。二位要是再表現出怒氣和惡意，就會直接的被送往地獄。…我想，那不是二位所樂見的事情。」

男秘書拍了兩次手，四位和男秘書長得一模一樣的執事出現。他們把 F 和 S 像提包裹一樣的提起來，準備去打包。

　　「不公平！我是愛因斯坦的老師！」S 大聲的喊著。

　　「不公平！我是愛因斯坦的學生！」F 大聲的喊著。

看著他們被提著出去。男秘書皺著眉頭，呼了一口氣。

　　「愛因斯坦的老師和學生？一起上天堂？」

他打開辦公室的門，走了進去。

二一五號候診室
（完稿於 2014年3月2日）

1

今天，是帶母親去醫院的日子。心情，普普通通。吃完午飯，子輔沖了個澡，把精神提起來。穿好外出衣服，面對著化妝鏡，子輔看見一個有年紀的女人。她歪了歪頭；頭髮雖然灰白，下巴的輪廓線還清楚。那道線最重要了，基本上，一個人老了沒有，就看那條線。那條線不清楚，就有雙下巴，臉孔就走形。子輔頭髮剪的短，燙了幾個大波浪。她把頭髮向後攏了攏，是很像男生，從小就有人說她像男生。打開化妝鏡下面的抽屜，裡面有一些保養品，和一隻眉筆。子輔不搽粉，不擦口紅。麗質天生？有那麼一點。子輔獨立而幹練。很多年來，她出門只畫眉毛。眉眼眉眼麼，眉毛畫了，眼睛就有精神；人就有精神。子輔化妝，也就圖個有精神。吸引人？她這一輩子沒想過那些事。

子輔走進母親臥室，看女傭收東西；把一些卡片、證件放進皮包裡。其實，也就是身分證、健保卡、殘障手冊這些。子輔看到殘障手

冊，有點感觸。前幾年母親摔倒，腿摔壞了，報了殘障。政府年節給一點小禮金。家裡不缺錢，但是大家都這樣；該有的，還是要爭取，否則不公平。公平問題？子輔深深吸了口氣。公平可是有兩種：社會上的公平，老天爺的公平。社會上的可以爭取，老天爺的麼，就不能爭取什麼了。子輔把那口氣吐出來。九十多歲了，談什麼公平？

母親長得好看，就是有個性。有個性，是因為那群馬的原因？記得母親說過，家裡有好多馬。四五歲時候，讓一群馬撞倒，頭給馬踩了。結果呢，好了；不但好了，還出落的特別好看。就是，有那麼點…個性。或者，不是因為馬踩了？是因為姥爺寵的？姥爺是砲兵學校中將校長。家裡的管教嚴格，女孩子要「大門不出，二門不邁」；這也是母親說的。所以，應該也不是姥爺寵的？對了，姥爺也是有個性的人嘛。年輕時候念軍校；念著念著，軍校竟然以沒有經費為由，要關門。姥爺當時正要畢業，眼看前途沒了。乾脆身上掛個大牌子，去北京拉黃包車。牌子上寫著：軍校生要失業嘍，國家沒有前途嘍。只拉一天，就讓記者圍著採訪。最後，政府撥下經費，讓軍校生復學。那個時代，好笑好氣的事多。不過，即便在北洋時代，敢掛牌子「拉車上書」，也算是很有個性了。遺傳罷，一家子都是有個性的人。母親九十多，自己也快六十。自己也有個性麼？子輔哪裡像女人名字？取這麼男性化名字，能不有個性？子輔笑了笑。快六十的人，談什麼個性？

東西收拾完畢，子輔把皮包放到母親手裡。母親坐在輪椅上，皺著眉頭。女傭替母親把頭髮梳了梳。漂亮的人，不愛漂亮很難。子輔拿起一個絨布小鴨，也放進母親手裡。母親看著小鴨，開始小聲地唱

起歌。

醫院離家不遠，十分鐘也就到了。以前，多半拿些幫助筋骨的藥。後來，加上胃腸蠕動的藥。現在，這些保養保健品已是必須；母親的身體，還有新狀況。子輔辦好就醫手續，和女傭把輪椅推進二一五號候診室。候診室裡人不多。子輔怕吵，挑了一個面對電視的角落。固定好輪椅，母親睡著了。女傭開始看電視，進入連續劇的情境中。

2

俗話說「靠山吃山，靠海吃海」是不錯的。接近海的地方，講什麼話都和水有關。稱有地位的人為「大腕」「大頭」，對美蘭而言，沒有意義。美蘭家鄉那裡，要叫「大尾」。顯然把人看成魚；把重量級的人，看成一尾大魚。美蘭的先生來興，就是一個「大尾」。是「大尾」麼？這個話也難說。一來，那是很久以前的事情。二來，大家的確叫他「大尾」；只是，他是個「大尾」流氓。海邊生活辛苦，知識水平不高。能夠出人頭地，總是受人敬重。至於說，從哪裡冒出頭，沒有什麼人計較。出頭麼，能夠多吃兩碗飯麼，總是讓人羨慕。

今天，也是美蘭和來興上醫院的日子。美蘭推著輪椅，把來興推進醫院。輪椅上的來興，看不出什麼「大尾」形象。結婚五十多年，兩個人始終守在一起。今天，自己都已七十，還能照顧這個老伴多久呢？美蘭把輪椅固定下來，腦子裡胡亂想。長年往事，快速在眼前流串。老病號了，醫院的人都認識；額外的服務罷，他們的掛號過程，

比別人快一點。美蘭對協助者笑了笑，算是道謝。她打開輪椅的固定裝置，進入二一五號候診室，坐在面對電視的角落－和子輔她們之間，只有一個很窄的過道。

子輔對過道那邊兩個人，好奇的張大了眼睛。大家上同一家醫院，已經很有時間。可是，彼此從來沒有遇到過。她看看剛坐下的美蘭，又看看輪椅上的來興－來興閉著眼睛，不知道是不是也睡著了。子輔向來興比了個合十手勢，算是問訊。然後對美蘭點點頭，打了招呼。子輔不是熱情的人。然而，任誰看見老尼姑老和尚，排排坐在候診室裡，都會感到興趣。子輔也不例外。也許，子輔的眼光太直接了；美蘭站起來，準備替來興整理衣服。她帶著的粗布褡褳，掉到地上。子輔彎下腰，替美蘭撿起布褡褳，拍拍上面的灰塵。就是這個貼心的動作，兩個有年紀的女人，彼此對望一眼，開始講話了。老人總是無聊，候診總是無聊。兩個有年紀的女人，在候診室裡，隔著那條過道，講了很多很多的話。…

美蘭的家鄉是個漁港，那裡把出海捕魚叫做「討海」，漁人叫做「討海人」。美蘭不喜歡這種說法，認為討海和討飯有點像。後來聽老人說，「討海」的確是向海伸手；但是，表示海很神聖－給不給，由它決定；裡面有敬畏的意思。美蘭喜歡這個說法，好像從事一種神聖的工作。

然而，這種說法浪漫了。捕魚是很辛苦的事情，比耕田還要辛苦，還要有風險。風險是指沒有收獲，也是指－可能把命丟了。農人喜歡說「靠天吃飯」。然而，連年天災的情況並不多見。只要肢體勤

快，不失「農時」，總是有收穫。何況，誰又聽說過，耕田把命丟了的呢？可是，捕魚不是這樣。真的不是這樣。每次出海拼搏，不見得有收獲。每次出海拼搏，可能就回不來。如果說，老天是嚴格的男人，至少那個男人一板一眼，還算理智。大海呢，絕對是個不安定的女人；討海人的命運，完全由她的無常所操弄。

就是因為如此，很多人離開海邊，到都市裡發展。美蘭十七歲那年，遇到一個叛逆的小伙。那個小伙喜歡看閒書，在當地，儼然是個「有學問」的。他能言善道，把閒書裡的那些話，講的很是唬人。美蘭對他很崇拜，兩個人就在一起了。那個小伙，就是來興。

來興是有一點智慧，對於事情，常有自己的看法。美蘭喜歡他，也就是這一點。至於說，叛逆小伙獨有的穿著打扮，就不用多說了。例如：來興總是把內衣反著穿。他說，那樣子內衣的縫線不會防礙自己動作；如果要打架，手腳快。這些小事，都是很吸引女孩子的。不過，美蘭還是喜歡來興有主見這一點。

兩個人越來越好，來興的主見，當然要放在兩人的未來上。他向美蘭表示，到城市去，不見得好。「離鄉背井」「人生地不熟」，加上「狼行天下吃肉」，哪裡不是發達之處？他要留在家鄉。不但「吃山吃海」，還要「包山包海」！等著他榮華富貴罷。這些馬馬虎虎的成語，一般討海人還真講不出來。來興就憑著這個，完全征服美蘭。兩個人結了婚。當年美蘭十八，來興二十二。

留在海邊的年輕人，大都上了船，開始宿命般的磨難。來興不願

意。不是他不能吃苦，而是他不受控制；不願意受大海控制。他看過太多的例子，無論對自己多刻苦，對大海多誠敬，最後還是兩手空空。或者，忽然地，就沒有了。討海人都有一些信仰；他們對於無常兩個字，太清楚了。美蘭呢，她是個傳統的女人，一切聽先生的。當然，如果來興能夠不上船，最好。擔心受怕的日子很難過。海邊有一塊石頭，叫做「望夫石」。美蘭小時候常常去玩，那裡擺滿了對海神的供品－祈求沒有回來的丈夫們，回來。小朋友哪裡懂這些？偷吃一點祭拜糖果總是有的。結婚以後，想到自己也有可能去擺供品，那種打心裡湧起的寒意，常常會帶到夢中，讓人一身汗的驚醒。

就這樣，來興不上船，留在岸上，投入他所謂的「包山包海」事業。事實上，任何行業裡不事生產者，都有點流氓味道。好聽叫做服務，難聽叫做抽成；擺明的剝削角色，怎麼不是流氓？要做流氓，有各種門道，不簡單。沒有人帶著，不可能入行。這方面，來興沒問題。年紀輕，頭腦好；加上身體棒，能打。幾個碼頭「老鳥」，都搶著收這個徒弟。最後，來興選了一個最有經濟實力的拜師傅。其他「老鳥」呢，來興也都往來勤快。儼然有了「包山包海」的架式。二十五歲罷，那個「大尾」的稱呼，就降臨在他的頭上。

自從成了「大尾」，來興忙碌了。談論事情，賣弄手段，成了他的日常工作。晚上的應酬，更是日日不中斷。美蘭沒有什麼抱怨，只是擔心來興的身體。海邊的女人很少抱怨；聽天由命，是討海家庭的重要道德。有時候，談事情的人會找上美蘭。這個來興嫂，也在漁港有了地位。不過，遇到這種事，來興多半會跟人家講清楚。

「我們家，我作主的啦。跟我講就好。」

來興總是用一種有權威的緩慢聲調講話。美蘭喜歡他的那種講話方式，讓人有安全感。美蘭也知道，替她擋事情，是保護她。打魚也許浪漫，但是漁港不浪漫。漁港是個是非之地。

一般來說，碼頭工作很煩瑣。出海的捕魚，不出海的處理魚；看來分工清楚。然而，處理魚這件事，可不容易。魚獲是一種生鮮食物，放久了會壞。壞了的漁獲，一文錢不值。所以，魚上了岸，有兩種方式處理，一是在漁獲市場出貨，行話叫做「現流」；一是進入工廠加工。幾十年前，沒有真空、脫水等等花樣。進工廠，多半就是做罐頭。

來興的漁港很老舊，沒有漁獲加工設備，都是做現流貨。問題是，漁夫只捕魚，不賣魚。魚船靠岸，魚要給誰賣呢？賣魚的另有其人，是漁獲市場魚販。魚販的生意，也好做也難做。說穿了，就是要腿快，要去岸邊搶魚！換句話說，魚價大家心裡有數－魚販跟漁夫買魚，不是談價錢，而是比拳頭！魚老大們一聲令下，幾組人馬一哄而上，拉扯擠推，拳腳橫飛！那個場面，比看球賽還刺激！拿到好魚的，就發小財。拿到壞魚的，就倒大楣。誰肯倒大楣呢？誰肯花錢蝕本呢？因此，如果搶不到好魚，魚販多半就觀望了，甚至不買了。久而久之，搶不到魚的，自然淘汰。剩下的魚販，劃分成幾個派系；搞組織來搶魚！這就是漁獲下船的基本生態。美蘭記得，來興說他是「海鷗」起家－他不捕魚，他搶人家的魚。海鷗是海上的強盜，喜歡搶其他海鳥的魚吃。碼頭上混久了，為什麼叫「老鳥」？也就應該清楚明白。

搶魚要靠力氣、膽識，不需要什麼眼光。眼光是派系老大的事。他們知道有船入港，就過來跟船長們打暗號、擠眼睛；決定搶哪隻船。然後，向自己的搶魚手下�‍�‍嘴，搞定事情；好像作遊戲一樣。有時候，幾個老大也會聚在一起；邊抽煙，邊噘嘴。來興覺得，他們很像職業賭徒，聚賭鬥雞。要買哪隻雞，賭徒們心裡都有個七八成。如果輸了，明天會補回來。反正大家都認識，有個底線。每當這種想法掠過腦際，來興有時候覺得好笑，有時候覺得難過。難過的是：自己到底是海鷗還是鬥雞？是強盜，還是人家的籌碼？

來興搶魚一段時間，很受老大器重。他夠兇狠，力氣大。然而，對別的搶魚者而言，搶魚是生意，也是生存；即便怕他，還是要鼓起勇氣面對。來興受過幾次傷。擦傷、挫傷、烏青都不用說了，那是家常便飯。嚴重的，是膀子被人用海釣大鐵鉤劃破，留下一道明顯的傷痕。不算深，但是很長。美蘭對來興的受傷，心疼的不得了。但是來興並不是很在乎，覺得那都是男人該有的標記。不過來興對於海鷗和鬥雞的事情，比較在意。最後，他去找老大，提出想法：他聽老大指揮，但是同一掛的搶魚者聽他指揮。來興當兵的時候，做過班長。帶領十個人作班攻擊，得心應手。他要把軍隊的那一套用在搶魚上，把搶魚當作戰爭，不把搶魚當作遊戲。其中最大差別，在於戰爭沒有規則，只有輸贏，贏者全拿！他的老大答應了。

來興的這一套，很屬害。九人團體，三人一組；一組搶魚，兩組掩護。也即是說，他的團體有六個人不搶魚，而是推擠其他搶魚的人！這六個人，隨時準備衝突，隨時準備掛彩。來興麼，和他的老大站在一起，不時發出一點聲音，給三個小組長；指揮搶魚和掩護的三

組人馬，隨機變換任務。這個陣仗，像是打橄欖球一樣，漁港的人沒見過。面對這個戰鬥機器，其他的搶魚者，除了目瞪口呆以外，真是給打的七零八落。沒有多久，幾個魚老大聚會啦，相約喝茶啦。這怎麼行呢？行之多年的辦法，還有個默契，還有個趣味。這種搶法，來真的啊，趕盡殺絕啊。這些「老鳥」都六十開外了，不鬥氣，搞政治的。來興的老大雙手一攤，眉頭一皺。

「是喔。來興這個傢伙太衝啦，有點管不住。怎麼辦呢？」這個話說的有學問。是說自己怎麼辦呢？還是說其他老大怎麼辦呢？有那聰明的，馬上順藤摸瓜，一臉天真的問來興老大。

「是啊。這樣不行！您看，怎麼辦呢？」

「是啊。這樣不好，傷和氣。但是，來興真的是夠猛，管不住啊。你們看，是不是換個制度，約束他一下？」

這就是來興老大的作風。又打又拉，又揍人又團人。幾個回合聚會喝茶以後，漁港生態還真的改變了。多年來的舊規則消失了；大家不要搶，改拍賣罷。搶魚多麼落伍，多麼野蠻，不要啦。時代進步啦，我們也要進步啦。就在聰明的語言糊弄下，拳頭的暴力威脅下，來興和他的老大，讓漁港開始了新局面。幾個「老鳥」組成拍賣市場委員會，「老鳥」們都成了委員。來興老大做主委，名利雙收。來興呢，他倒沒有被利用的感覺。因為他腦子裡，始終是「海鷗」「鬥雞」問題。現在，這個問題沒有了。他確定自己是「海鷗」，正式向「包山包海」的路子挺進。老大沒有玩「鳥盡弓藏」那一套，讓他作了委員會總幹事。他們繼續合作－就像是，即便不再用刀殺人，那把刀，總是還要帶著。

漁港平靜了，搶魚奇觀沒有了。陽光下的漁港，甚至可以說是亮

麗明媚。因為，金錢和暴力有了新結合。黑暗的力量沈潛了。當黑暗隱藏在黑暗之中，才找到真正的歸宿。

拍賣是新鮮事，不過來興很快上手。相對於搶魚，拍賣少了暴力，多了分配－直接的利益分配。分配是很有趣的；不必把人頭打破，人家自動屈膝哈腰，怎麼不有趣？當然，人家肯接受分配，還是因為背後的暴力。這種逼迫人家接受分配的感覺，就是權力的感覺。來興認為，權力是包裝過的暴力。雖然沒有暴力過癮，但是他喜歡。他也認為，對男人而言，這種轉變就是成長。

其實，對大多數男人而言，來興所謂的成長，並不是那麼容易。不是說「血氣方剛，戒之在鬥」麼？二十幾歲的人，可以了解成長背後的各種事實，可不簡單。「老鳥」們看出來興的潛力，要他參與一些新的碼頭事物。其中一項，就是和漁夫來往。魚販在岸上，可以有各種手腕；漁夫出海，可是硬碰硬。他們的世界相對單純；一種高等靈長類捕捉低等魚類的活動。先天上的不公平，導致他們不花太多腦力進行鬥爭；他們需要的是意志力和運氣。這種態度，也影響他們的人際關係。他們不大用腦，但是固執。碼頭上的各種活動，完全依賴漁夫的海上拼搏。漁夫和魚販，有上游下游關係；漁夫是不可以得罪的。所以，魚販和漁夫來往，要派出最夠力，最聰明的「大尾」。

來興和漁夫來往，也沒有問題；並且來興還有個強項，他的酒量好。漁夫的海上生活單調，上岸以後無所事事。喝酒，是調劑生活、打發無聊的最好方式。來興憑著喝酒，和漁夫的關係弄得很好。以前，美蘭怕來興打架受傷，現在怕他喝酒喝醉。這個「大尾」的太

太，不容易當。來興幾次喝到不省人事，被人抬回來。美蘭看著床上的丈夫流淚，怕他醒不過來，就這樣過去了。至於說，一盆一盆的嘔吐穢物往外倒，幾乎是每天的例行工作。好像一天吃三頓飯那樣例行。美蘭沒有讀過什麼書，但是有了「悔教夫婿覓封侯」的感覺。她很想和來興過過小日子，錢財甚至愛情，都可以放在一邊，只求個人身安全。然而，這個基本的人身安全，都求不到。美蘭發現，她一天到晚提心弔膽，和那些丈夫出海的女人一模一樣。她幾次沿著海邊散步，走過「望夫石」的時候，都掉淚。美蘭覺得很諷刺，她有著那些女人的相同心情，可是沒有資格擺上供品，沒有資格請海神庇佑。她不是討海人的女人，她是「海鷗」的女人。

漁夫除了愛喝兩杯，還喜歡打架。一打架就動刀。因為，他們都隨身帶著刀。他們的傳統刀子，兩端都可以使用。一端是鋼刀，一端是鋼刺。刀是用來割繩子魚網的，刺是用來解開各種繩結的。他們的刀都很鋒利，因為隨時磨，隨時準備應付外來危險。如果不用來應付外來危險，用來武裝自己怒氣呢？那就要出事，海上喋血便要發生。這就是船長都有霸道形象的原因；他們如果不霸道，壓不住下面的人。來興因為跟大家混的熟，漁夫發生衝突，也會來找他。他不涉入衝突，而是調節衝突。這種心理很值得玩味。暴力衝突的仲裁者，常常是更大的暴力。如果不願意碰更大的暴力呢，那就只好私下解決了。有些像人們對法律的態度，或者依靠，或者敬而遠之。

這種喝酒攀交情的日子，對來興的事業而言，有幫助。在他的「包山包海」過程中，這段時間可以說是轉折點；從暴力形象轉為友善形象-從壞人變成好人。古人說的好「喝酒喝厚，賭錢賭薄」。喝

酒喝笑的，比喝酒喝生氣的多。雖然放浪形骸，卻是一團和氣。這種情況下，交情壞的好了，交情好的更好了。何況，來興背後有人支持，每次都是他出錢請客。他扮演著一個公關「海鷗」。這種有吃有喝不花錢的事情，誰不願意參加？當他跟漁港的衣食父母們打成一片時，來興的勢力更大了。來興沒有注意到這件事，但是美蘭注意到了。叫她來興嫂的人越來越多，包括年紀比自己長的人，包括一些老頭老太太們。這種情形，在保守的漁港很少見。美蘭知道，那個喜歡談什麼「鬥雞」「海鷗」的丈夫，還要繼續蛻變。

朋友有通財之義麼？這件事情很難說。誰都知道：借錢財給朋友，要失去錢財和朋友。但是，遇到肯借錢的朋友，誰不高興？這種朋友，走到哪裡不受歡迎？那些漁夫，和來興在一起，總是喝的爛醉，言不及義。然而，交上來興這樣一個夠力的朋友，總要顧一點朋友之義罷？對社會中下層的實在人物來說，有意義的事，莫過於金錢。漸漸的，來興和漁夫們開始有一些金錢來往。

漁夫跟來興借錢不難，但是，只有一個理由可以通融；就是借錢購置漁具。借錢本來不是好事，但是這種錢，漁夫借的心安理得，來興借的理直氣壯。為了生計而產生的金錢往來，大家都沒有話說。更重要的是，其他人，包括漁夫的太太們，也都沒有話說。不但沒有話說，來興在他們心目中，是一個有求必應的活菩薩。

漁船算不算漁具呢？理論上算的。但是一般所謂漁具，是指網具、釣具和雜具；是指船上的捕魚相關設備。這些東西都是消耗品，三不五時就要更換。有時候，漁夫也有趕時髦問題，大家會搶著買某種漁具。例如，一段時間社會上流行吃烏賊「沙西米」，結果漁夫都

把白熱集魚燈換成了鹵素集魚燈。在沒有月亮的晚上出海撈烏賊，效果好。吃飯的傢伙麼。一般漁夫買漁具設備，不會手軟。花錢不手軟，才有生意可談。

來興借錢給漁夫更換設備，有特別的條件：可以用魚獲來償還。這真是一筆奇妙的生意！漁夫不花錢就拿到漁具，可以繼續出海；捕到魚以後，又不必拿錢還債，給一部分魚就可以，哪裡有這麼好的事？在來興來講，這種借貸關係似乎是做濫好人，吃虧。其實，奧妙處在於這種來路的魚貨，可以不上拍賣場！不必經過合法分配而獨吞掉。如果數量大，不得了。

其他魚老大知道這些事嗎？知道的，但是也只有看著來興操作。雖然大家都是委員會的委員，都是選出來的，但是主委和總幹事聯手，誰又敢講話？說到最後，還是錢財和拳頭的力量。不過，社會上到底人跟著錢走，還是錢跟著人走？真是不好講。來興跟錢搭上關係以後，也有其他老大找他探口風。原來，漁夫上岸就沒有事做，除了喝酒以外，還喜歡賭錢。…

「這門生意不錯。可以聯絡感情。」一個老大說。

「是啊。莊家的問題可以另外談。」另一個老大說。

老大們講話有軟有硬。但是，來興不想跟漁夫這樣「聯絡感情」，也不想跟「老鳥」搞什麼「另外談」。「喝酒喝厚，賭錢賭薄」，不會錯的。自己的形象得來不易，不需要淌混水。

「我不參加，放給你們做罷。」

來興輕描淡寫的講，很有技巧。既躲過了麻煩事，又賣了交情；好像經過他同意，其他人才可以作生意。來興的老大聽說這件事，對來興

有好評價：年紀輕輕有見識呢。老大不需要這種錢，也不希望手下碰這種錢。人老了想的多，比較愛惜羽毛。不是有名有利的事，不願意隨便出手。

　　美蘭對於來興不碰賭，也很高興，覺得心裡放下一塊石頭。賭錢的相關事情太多，後遺症太多；和放款買漁具絕對不一樣。她看過很多例子，因為賭錢，而傾家蕩產，妻離子散。賭錢和吸毒有很類似的地方。那個癮頭來了，會把一個人從心理上，整個毀掉。海邊的人迷信：缺德害人的事情，不要做罷；神明都不會再保佑了。美蘭發現，自從來興的事情做大以後，她對神明的依賴，也與日俱增。

　　來興的漁港老舊，有原因；那裡沙岸、岩岸交錯，很不好規劃整治。幾百年來，始終保持著原始的模樣。因為條件受限制，漁民的企圖心也受壓縮－多半捕撈沿海、近海的底棲魚和洄游魚。遠洋作業的，根本沒有。他們的船隻也很小－無論木殼、鐵殼，多半不到十二公尺；法規上不需要船長，有張船員證，就能把船開出去。十二公尺以上的船，沒有幾艘，也大都是船東兼船長。所以，碼頭上船長一大堆，大家心知肚明－不是船員兼船長，就是船東兼船長。職業船長，可以說沒有。這種人事上的結構，看似混亂，實則簡單。一隻船由一個人負責，沒有權力交叉，清清楚楚。

　　一次超級颱風過後，漁港受到重大損失。有的船擱淺，有的船吹壞，有的錨繩斷裂，漂走了。就在大家忙於善後的時候，來興的老大，聞到了錢的味道。他把來興找來，告訴他自己的想法。
　　「可以涉入買船的事情了。是一個時機。」老大噴著煙，淡淡地

說。

漁船，是漁夫主要生產工具；它雖然不歸類為漁具，實則是個最大的漁具。既然是漁具，就是消耗品，只是它的使用年限長久。加上漁夫和漁船有感情，就算極度老舊，也不輕易更換。老船有個壞處，不能上保險；木殼船齡十年不能保險，鐵殼船齡十五年不能保險。但是，老船也有個好處。根據法令規定，十六年以上木殼船、二十一年以上鐵殼船，政府可以補助汰舊換新。現在，的確是大家換新船的機會。經過超級颱風洗禮，漁船不是壞了，就是不見了。既然沒有保險，得不到理賠，乾脆接受補助換新船罷。當然，所謂補助，就是漁夫要負擔自備款。來興老大資金雄厚，可以替大家週轉這個自備款部分。當然，這可是大錢；大錢的放款規矩不一樣，不可能用漁獲償還。…來興和他的老大，花了一個下午，翻來覆去地談數字，噼哩啪啦地打算盤。

　　這是個順水推舟的計畫，通過來興的協助，一切進行順利。來興和他的老大，在這個動作中，不但獲利，而且建立了更為深厚的人脈金脈。大部分漁夫，都成了來興老大的債務人。來興以二十七歲的年紀，達到「踏腳地動」「走路有風」的地步。老大對來興很滿意，像對兒子說話一樣的對他說：

　　「記著。沒錢靠體力賺錢，有錢靠智慧賺錢。大有錢後，靠錢賺錢，大大有錢以後，靠機會賺錢。一個人，要知道自己在哪個階段。」

來興跟老大的關係，越來越好。外面有人說他們是乾父子。來興也不承認，也不否認，總是開玩笑的回應：

　　「只要他不把女兒嫁給我就好啦。」

美蘭對於來興的發達很開心，好像，自己先生和碼頭是非有了距離，轉型成了一個生意人。只是，每次她看見老大幾個女兒的時候，都有一點不自在。

　　來興老大的話很對，一個人發達要靠機運。這也是人們拜神禮佛的原因之一，希望神佛幫助，好運降臨。來興的機運算是很好，他也鬥志旺盛的和命運配合。然而，這樣的少年得志，也會讓人擔心。美蘭去找算命的鐵嘴仙，問問來興的運程。鐵嘴仙拿著來興的出生年月日，又排八字，又觀紫微；最後表示，二十到三十走大運啦。一個人這樣年輕走大運，不是很多，要把握機會啊。不過，所謂「身旺能任財」，來興身體如何呢？可以撐得住好運勢麼？美蘭笑笑的說：

　　「跟牛一樣。」

說完，她發現自己臉頰上，竟然飄過一抹紅雲。年輕女人，在外人面前談先生身體，還是害羞的。鐵嘴仙沒有注意這些事，專心看來興的命盤。

　　「先天體質還可以，要注意後天的問題喔。尤其是頭部不要受傷。」美蘭輕輕嘆了一口氣。是啊，不斷的受傷，「海鷗」麼。還來不及多想什麼，鐵嘴仙又開始批示：

　　「還有…」帶著遲疑的語氣。

　　「這個人，夫妻和子女的關係，淡薄。應該沒有子嗣。」

美蘭吃了一驚！淡薄？子嗣？這是女人最關心的事情。她的喉嚨乾澀，甚至，有一點暈眩。鐵嘴仙皺著眉頭看美蘭。

　　「不過。這個人很有神佛緣，長壽。可能會出家。」

美蘭又吃了一驚！神佛緣？出家？她的眼淚，不聽話的流下來。鐵嘴仙有尷尬的感覺。他也嘆了一口氣，搖搖頭。站在他的修道立場，這

個人的命運不錯。但是，站在為人妻子的立場，最害怕婚姻是這種結局。怎麼說呢？鐵嘴仙乾咳了一聲。

「我不收你的錢啦，他將來可能會有大成就。」
鐵嘴仙乾又咳了一聲。他發現，以安慰女人而言，這個話講的不很高明。

人是一種奇怪的動物。在社會上各有職業，但是，自己到底是誰？卻始終是內心的疑問。來興投身「海鷗」事業，「包山包海」做流氓。不過來興這個流氓，做的還算稱頭。他雖然崇尚暴力，喜歡硬吃；然而他也願意幫助人。過份欺負人的事情，明顯犯罪的事情，算是很少碰。這種作風，是很傳統、保守的流氓作風。或者可以說，和俠客有那麼一點點接近。傳統保守，還是好的，畢竟那是行之有年的作法。它的結果，比較可以掌握；它的發展，比較有路數可尋。來興和老大談過幾次，表示想了解一些「路數」，以利未來發展。老大跟來興分析利害，認為可以和當地駐軍來往；那也是他的一個「路數」，他可以幫忙。

在那個久遠發黃的時代，軍方的影響力，絕對大過地方政府。任何官、民之間的衝突，如果有軍方出面緩頰，大概都能解決。而且，凡是當過兵的人，退伍下來，就隸屬於團管區，稱為後備軍人。這種一體兩面的軍民關係，長時間存在。軍，總是向著民的，所謂「軍愛民，民敬軍」麼。官呢，則是和民相對立的。因此。向來有「軍民一家」的說法，可沒有「官民一家」的說法。距離漁港八公里遠，有一個海防軍營。來興對這個軍營，花了不少的精力和心血。

　　來興當兵時做班長,在團管區裡是小組長。這個位置,能接觸一些職業軍人。來興的老大人面更廣,直接和駐軍的伙食單位有來往。三不五時給長官們送幾尾好魚啦,幾瓶陳年紹興啦。長官們也會回請一頓狗肉啦,附帶金門高粱啦。不要認為中下階層不講究,吃什麼酒配什麼菜,門檻很精。駐軍需要和地方搞好關係,這種來往,長官們樂觀其成。來興的新任務呢,就是把團管區、駐軍和自己的勢力拉在一起。駐軍也很願意和團管區來往,他們老哥老弟叫的很親熱;團管區工作,可能是職業軍人的第二春。先認識人,打點基礎,應該的。

　　來興和軍方交往,是步聰明棋;一舉好幾得。軍人也愛喝酒胡鬧,但是相對有節制。他們平日都有任務,生活規律,不可能天天在外面喝的爛醉。應酬他們,一個月兩次也就算是多了。同時,這種交往真的長見識。軍人雖然丘八老粗,但是並不土。知識比較能趕上時代。來興和他們在一起,言談舉止受到感染;粗氣依然,但是土氣少了。那時候,政策上有一句口號,叫做「軍民同樂」。來興的這種同樂聚會,美蘭也參加。最後,一個兵營裡的老士官長,收了美蘭做乾女兒。老士官長把他對天倫的所有憧憬,都無私地放在美蘭身上。那是美蘭難忘的記憶。

　　來興的漁港,有一個地緣上的特色-它很偏僻。偏僻使得漁港日趨老舊,偏僻也使得漁港走私盛行。政府對於走私,當然深惡痛絕。一則收不到稅金,二則,貨物的品質沒有單位把關,不可靠。話雖如此,漁港走私可真是防不勝防。因為走私者不需自己出面,都是讓漁民夾帶。誰夾帶呢?誰都可能夾帶。漁民走私,是很古老的一種副業啦。那種事情,在漁港,大家都心照不宣。海上討生活,和陸地上很

不一樣。陸地上的人，困在一個固定範圍裡，守法律。海上的人，面對無邊無際的水域，有冒險精神。不是在地理學上，也說海洋國家人民有冒險性格麼？漁民和大海的無常賭運氣，和死神的繩索相糾纏，不怕事的。法律觀念？他們可是非常薄弱。到了海上，去跟誰講法律？除了搏鬥求生，哪裡有法律可講？「討海人」，可說是一種海生人類，他們和陸生人類，有差別。這是自然環境改變生物個性的好例子。大海是蠻荒的盡頭；那裡，掠食者的血液，在海生人類的體內奔騰。不相信？問問當過海軍的罷；問問他們，海軍和海盜之間的血統淵源。

走私是一個雙向勾結的事情。走私者進貨，緝私者護航，走私才會大規模出現。一個走私猖獗的地方，如果走私、緝私兩方面人情壓力一起來，讓人很難承擔。不想捲入其中，最好兩造人馬，都不要深入交朋友。來興只和軍方來往，因為軍方不是緝私單位，不給壓力。對於漁港中的走私者呢，來興可是照子雪亮。他不擋財路，走私上岸的煙酒乾貨，他也偶然捧場買一些。但是，他就是不碰這門生意。因為他知道，這門生意沒有底線，只要開始一回，誰知道下回人家要你帶什麼？

來興的確是比較有頭腦，看得遠。但是，參加走私的漁船太多了，岸上的「老鳥」泰半把持不住。畢竟走私的利益，遠遠超過漁獲利益。最後，弄到漁港的經濟生態都起變化。不知道哪個是本業，哪個是副業，哪個是「討海人」該做的正經事。這種變化，就很難「橋歸橋路歸路」了。來興發現，「老鳥」之間的階級有點鬆動。他的老大在財力上，不再那麼具有決定性。雖然大家都是「海鷗」，但是，

拍賣漁獲和軍方背景，讓來興他們這一掛人馬，成為漁港最正派的流氓。流氓世界，不是一個比正派的地方。來興和他的老大，喝悶酒的次數，漸漸多了起來。

走私是一種行業，有複雜的進貨出貨管道。哪個管道暢通，私梟們都清楚。來興的漁港走私猖獗，成了各地私梟眼中的「金口袋」，可以予取予求的往外掏錢。大家獲利豐厚，膽子也大了。「殺頭買賣有人做，賠錢買賣沒人做」這句話，在漁港獲得了證實。漁船開始走私毒品和槍械。

政府對於走私，當然深惡痛絕。但是，走私大概和國家起源一樣古老，和稅收起源一樣古老。可以說，它根本就是民間經濟的一環。所以，如果走私民生用品，政府可以睜眼閉眼；如果走私毒品槍械！嘿嘿，那就如臨大敵，非誅除殆盡不可。毒品和槍械，都是殺人的東西；只是一個不見血，一個見血。政府不可能不管。毒品槍械走私者被捉到，首從都要槍斃。美蘭問過來興幾次這件事，來興都輕鬆回答。

「沒有事。我會注意。絕對不會涉入。」

來興是沒有涉入，但是軍方涉入了。因為漁港的走私問題，讓海防軍營上了報紙社會版。軍方一旦涉入，辦起事來，可是雷厲風行。在防區內走私毒品槍械？有什麼話說？嘎？不在責任範圍之內？不是緝私單位？可是在你媽的眼皮子底下運毒運槍！丟人現眼！軍方高層督察，吹著冷氣，講著電話，拍著桌子。漁港的海防長官，立馬給降級調差。新任長官，第二天早上就上班了；那天中午，在大太陽底下

給大家吃排頭－全員到齊，立正聽訓。他拿出上級命令，惡狠狠的唸出十二個字。「配合檢調憲警！全力搜查掃蕩！」

雖然是個小小的軍營，在當地代表大力量。這個力量的汰換轉變，撼動了漁港社會。軍營的伙食單位，要從新打點。長官麼，也要從新結交。可是，這個長官不容易結交；他是臨危授命的長官，誰的賬都不買。來興老大託人和長官接觸，想要繼續伙食單位的關係。結果呢，長官不喜歡別人對他主動，竟然把來人罵一頓，看成打探軍情的間諜！就是這麼彆扭。當然，這也不能怪人家，人家已經說了「搜查掃蕩」麼。視同作戰呢。

這種軍民關係，建立不易；但是可以毀於一旦。更可怕的，是流言：來興老大和軍方處不好啦，受到冷落啦，碰一鼻子灰啦。這種話，造成了結構性的傷害。人情冷暖那一套，在來興他們周圍蔓延。搞走私的那些「老鳥」，可不會放過這個機會。他們明知新長官難搞，偏偏要拜託來興老大，去為走私說情。哎呀。日子不好過。你是老大，吃好穿好；很多人都指望這種「貼補」，才能讓小孩上學的。這種話一講，來興他們不能做人了。去說情麼，一定給軍方扣上關係人的帽子，抓起來。不去說情麼，給那些惡劣「老鳥」更多藉口；說他們見死不救，一定是事件的告密者，是狗腿。

這種局面，真是複雜透頂。做賊喊抓賊，壞人變好人。到底誰做人比較正派？誰對漁港長期有貢獻？都忘到腦後了。利害衝突的時候，大部分人，都是柿子撿軟的捏，西瓜挑大的吃。「老鳥」可會操弄這種事。幾次的合縱連橫，黑白就分不清了。多少的陳年老賬，個

人恩怨，都被拿出來做文章。面對這種境況，來興老大也就是謹慎以對。大風大浪經歷的多啦。他知道，走私不是問題，軍方不是問題；任何事都有風頭，風頭過去，也就沒事。怕就怕，風頭後面的浪頭。一個輪舵把持不穩，就要翻船，就要萬劫不復。風頭是事變，浪頭是人心；特別是周遭那些「自己人」的心。老大把來興找來，對他說：

「風向很有改變。大船小心入港。」

來興老大的想法沒有錯。走私事件總要過去，裝腔作勢總要停止。只是，這個毒品槍械風波過後，不碰走私的軍營長官和來興一掛，奇妙地被做掉了。該受懲罰的走私互惠團體呢？當然有「代罪羊」出面，頂替一下，熱鬧一場。然後，隨著時間過去，繼續走私，繼續互惠。漁港的「老鳥」政治，和所有政治一樣，絕對不在乎無理的反淘汰。來興這一掛「海鷗」，因為不肯同流合污，而失去漁港的領袖地位。

老大對這件事，雖然不高興，並沒有很失志。畢竟也有歲數，不容易輕易受打擊。他去附近的山上小廟抽籤，瞭解一下神明的看法。他燒了香，講明了因由；把「筊杯」誠敬的扔在地上；一正一反，神明接受了。來興老大打開木櫃上的小抽屜，取出粉紅色籤條。一首籤詩映入眼簾：

「眾人見風皆轉舵，唯君臨川慕魚蹤。本來回頭即是岸，何愁海闊天不空。」

老大默默念了籤詩好幾次；最後，大聲地朗誦了兩次！靈啊。不是講水就是講魚。靈啊。要收斂！沒有錯！風向不對就要收斂，不能硬幹！感恩啦。謝謝神明啦。來興老大的心情轉好；回到漁港以後，他

把這件事情告訴來興。

　　老大的鼻子是很靈，他會聞風的氣味。東風和西風，南風和北風，氣味絕對不一樣。他也會聞小廟的氣味－有足夠智慧去理解神明指示。但是，他也有聞不到的氣味。在漁港亂烘烘的時候，整個大社會，也同步發生改變。這種高層次、大區域的氣味，他就聞不到。在大社會的改變潮流中，不少看得見、看不見的浮木，將對來興他們這隻「大船」，造成更激烈的衝撞。到那個時候，也許對於神明指示，老大會有另外的看法。

　　來興三十歲的那年，漁港出現組織漁會的聲浪。這是漁港廣泛和外界接觸的機會。也是漁港運作升級，納入更大體系的機會。這種聲浪有雜音，比「老鳥」更老一輩的老人說：需要麼？需要和其他人建立合作關係麼？我們這樣小的漁港不需要發展，發展就是被別人吃掉！說這種話的老人，也有他們的見識：如果漁港進入更大的漁業體系，一定會與外來的錢、人發生關係。這種關係，以來興漁港的層級而言，無法與之平等相待。也即是說，必然被外面的錢、人牽著鼻子走。

　　然而，潮流很難擋住，有雜音不是問題；漁會只要一百人參加，就可以成立。成為全國漁會團體一員之後，種種福利上的好處，可是大家聽都沒有聽過的。什麼急難救助、醫療保險、漁汛諮詢、氣象諮詢等等。這些事項，經過反覆的宣導，很能深入人心。保守的漁港，終於成為開放社會的一環了。

　　有了漁會以後，正式理事長的選舉，成為各路「老鳥」人馬的新戰場。來興他們不能缺席，這是再出發的新方式。但是他們發現，多年的人脈經營，並不是很管用。自從漁港和外面世界接軌，人與人的關係，忽然淡薄了－人情、恩澤、義氣、道德…成了鬥獸場上的餘興節目。講究這些的人，成了受到側目的古代生物。現在的漁港政治，是不顧臉面地，攤開來講利益；無論講什麼，都要和漁港建設有關。似乎漁獲已經不是一個問題，漁夫，更不是一個問題。漁會關心的，是透過漁港建設，向外面世界拿經費。以及經費請下來以後，如何分配。這些事情，都不是來興他們熟悉的；也不是其他「老鳥」熟悉的。所以，當初老人們的說法應驗了。外面來了不少人，他們配合漁港的發展和建設，帶來了資金和知識。資金，也許「老鳥」們並不缺少；但是他們缺少知識。外面來的人給他們知識；條件是接受外來的資金，挹注在漁港建設上面。

　　「以前做老大，談的是交情。現在做老大，談的是合約。以前的老大，是官民間的特殊人士。現在的老大，根本就是投機商人！」來興老大拿起酒杯。

　　「生疏啊。我們需要時間熱身一下。下一場再說吧。」
講的有點動氣。老大一仰頭，灌了半杯「雙鹿五加皮」。

　　來興在漁港打滾十年，對於各種門道都清楚。一天晚上，他跟美蘭靠在窗口，看著外面。漁港看起來，和以前很不一樣。

　　「新時代真的來了。以前老大跟我說。賺錢要靠力氣，靠智慧，靠錢，靠機會。但是…」
他拿起一張皺皺的報紙，上面有一篇很長的專論，題目是〈知識爆發的時代〉。來興把那張報紙遞給美蘭，指指報上的標題：

「看見了麼？沒有讀書不行了。現在，做流氓都要讀書。」
美蘭深深呼了一口氣。她不知道要如何安撫來興。她和來興，都是小學畢業。當初，並不是所謂的失學；念不起書。而是，根本沒有想到要讀書。他們的父母，也不認為需要讀什麼書。打魚或者賣魚，需要讀什麼書呢？他們並不嘲笑讀書或者讀書人，只是那種事情，距離他們實在很遙遠。

「弄不過他們。我們做流氓的，跟他們比起來，簡直都是善心人士。」
來興點起一根菸，美蘭摀著鼻子揮手。來興把菸丟到窗外。

「他們這種讀過書的流氓，好像什麼呢？…好像來這裡投資養羊，來我們這裡放羊吃草；我們提供牧場和牧草。等到羊養大了，他們把羊牽回去賣了。我們白白提供牧場和牧草，沒有吃到羊肉。」

「被利用的感覺？」
美蘭輕輕的回應著。其實，她並沒有了解來興的全部意思。不過，沒吃到羊肉她懂。

「船過水無痕。聽過麼？」
美蘭搖搖頭。來興摸了摸美蘭的頭髮。這個女人跟了自己十年，怎麼有點陌生呢？沒有情緒，沒有不滿，沒有怨言，沒有爭吵…影子一樣的女人。他忽然有一種疼惜的感覺。

「把魚在清水裡川燙一下。撈起來。魚熟了，被吃掉了。可是那鍋水還是清水，沒有一點魚味，沒有變成魚湯。」

「哇。做詩人了呢。講的話…好像電影裡的。」美蘭開心起來。
來興摟著美蘭的肩膀，親她的頭髮，

「漁港就是那鍋水。城市流氓來這裡，把他們的資金在漁港裡，川燙一下。」來興小聲的說。

來興三十二歲那年。他的老大，決定東山再起，競選漁會理事長。時間還充裕，但是要事先規劃。他們這一掛的人馬，決定在選戰訴求中，鎖定漁港的冷凍廠和加工廠。這些設備的建設與擴充，和漁獲有直接關係，漁夫能夠感受到直接好處。當然，為民服務都是口號、旗號；選舉和打仗一樣，爭奪利益，才是真正目的。如何操作呢？他們開始周延的沙盤推演－如何透過建設冷凍廠和加工廠，打贏選戰；如何透過冷凍廠和加工廠，在選戰後，回收利益。換句話說，來興和他的老大，終於弄明白了選舉遊戲。魚港的選舉，是一場釣魚的遊戲。這場遊戲中的魚餌，是冷凍廠和加工廠；這場遊戲中的魚，是漁夫。漁夫是魚麼？漁夫的確是魚－他們在海上，是獵人；在陸上，是獵物。

來興老大，同時向政府和廠商放出空氣，了解補助和報價等等問題。然後請了有名的會計師，核算他們的建廠投資比例。最重要的，冷凍、加工廠建好後，在他的任內，可不可以回收投資？在他的任內，可以有多少盈餘？這場選戰值不值得打，這個理事長值不值得做，就在於未來可以賺多少錢。因為，打選戰要花很多錢。這些錢，要靠會計師的事前精打細算－不但要拿回來，還要利上加利！否則，做做漁港老大不是很好？誰要勞民傷財的去選什麼理事長？來興他們很低調，但是紙包不住火。這種事大家最愛談論。漁港的其他「老鳥」，注視著事情發展；漁會的現任理事長，更是繃緊著神經。

至於說，漁夫那一塊呢？一切的選舉好處，都由漁夫那「神聖的一票」決定。那一票，決定了誰能夠「包山包海」，誰能夠坐擁金

山；怎麼不神聖？但是，漁夫在海上是捕獵老手，他們最懂得餌與魚之間的關係。拋出什麼冷凍廠、加工廠名目，可以打動他們，但是不能擄獲他們。在漁港的政治鬥爭中，他們做不了釣手；他們甘心做魚－然而，餌食必須要下的重一些。否則，不可能「大咬」。不可能這樣簡單地，就把誰拱上理事長寶座。純粹談理念？不必了罷。

漁夫少讀書。少讀書的人，就是這麼個想法。說他們詭詐？言過其實了。說他們樸實？也言過其實了。基本上，可以說他們很直接，沒什麼拐彎抹角的問題。不過，要是以為他們愚笨，可絕對沒有那麼一回事。他們的生活方式，比都市人更接近大自然，更能體會生命鬥爭的本質。所以啦，要選理事長？要玩遊戲？要賺大錢？要利用他們？都是可以的，只是，請先付款。投票前一次付清，最好。搞什麼前金後謝的，勉強一點。

這就是選舉花錢的地方。選舉人想賺錢，必得先投資。通過選民投資的這一關，再談建設投資的那一關。選舉，就是玩人玩錢的政治遊戲。雖然說民選民意，實際上，勝利絕對屬於有錢有勢的人。精英麼？也許罷。也許所謂社會精英，就是社會上有錢有勢的人罷。真正的讀書人？那是專業上的精英，不是社會精英。

對於來興老大而言，選舉的資金問題，遠遠大過他的估計。合計到最後，有些只欠東風的感覺。經驗多的人告訴他：扛著兩麻袋現金的時代，過去啦。現在講究調度。可以把不同地方的資金，調度來調度去，才是本領。自己不要拿什麼錢出來；自己拿錢是擺闊，不是生意經。來興老大不喜歡這個調調，但是，調度資金大概是必要手段

了。

　　資金在哪裡呢？當然在有錢人手裡。有錢人在哪裡呢？當然在都
市裡。都市裡雖然有錢人多，可是願意把錢拿出來，折騰這種地方選
舉的人，通常也不是什麼正經人。為了選舉資金問題，來興這批鄉下
流氓，終於也要和都市流氓打照面了。老人的「會被吃掉」、「牽著鼻
子走」那些話，倒也言猶在耳。但是，時代潮流是個大旋渦；頭腦再
清醒，也得在那個旋渦裡載浮載沉。

　　那年年底，來興跟他的老大去大城市，展開一趟七天的「募款」
之旅。當然以他們的身份，不可能貿然地到處「拜碼頭」。很多事
情，都已經談好。大頭們出面，都是喝喝酒，講講漂亮話罷了。資金
問題大抵敲定。第六天，回家的前一天，是十二月二十七；是來興三
十二歲生日。老大特別安排，在飯店回請金主，同時也算替來興慶
生。酒過三巡，菜過五味；大家暈陶陶地一片歡喜，老大端起酒杯，
請大家安靜：
　　「感謝大家支持。這次來玩，都是來興陪著我。今天是他生日，
三十二歲啦。不小啦。優秀啊。以後都要看他，大家多多照顧。」
大家舉杯恭賀，繼續笑鬧。耳朵尖的，感覺這一老一小，有點當眾世
代交替的味道。就在大家正開心的時候；體會著美好將來的時候。一
個看來很普通的人，走進飯店包廂。他沒有說一句話，迅速的尋找目
標；從背後掏出左輪手槍，對著一個金主和來興老大，各開三槍。然
後，掏出另一把左輪手槍，朝天花板開了一槍，從容離開。

　　金主當場死亡，來興老大被送到醫院。來興忙著照顧老大，沒有

慌手腳，但是腦子一片空白。二十分鐘以後，老大死在醫院裡。他死以前，困難地把皮夾拿出來。皮夾上面都是血，裡面有錢、證件、火車票和一張籤條。他要來興把籤條拿出來，只說了四個字：「念給我聽」。那是漁港梟雄，發出的最後聲音。來興像瘋了一樣，把籤條上的詩句，念了又念；念到老大都死了，他也不知道。

　　都市裡面的種種，「討海人」想不到。來興知道這件事，已經太晚。當天午夜，他和其他人走出醫院的時候，受到第二波的攻擊。攻擊的主要對象，就是來興。他被人用木棍打中了頭，滿臉鮮血的倒在醫院門口。攻擊停止，是因為來興看起來，也已經被「消滅」。

　　這一起「消滅」的事件，警方快速結案，卻沒有真正破案。因為傳出槍聲，牽扯深遠；最好能壓住就壓住，不要吸引太多目光，引起社會不安。反正，流氓之間的打打殺殺，活該。不過，根據社會上的傳聞，開槍、打人的幕後兇手，是漁港現任理事長的金主。動機很明顯，手段很殘忍。選戰如打仗，真有一點「運籌帷幄，決勝千里」的味道－在遙遠的時空點上，準確地把敵人「消滅」。時代是改變了，連黑暗的顏色，都和以前不一樣。

　　來興嚴重腦震盪，頭腫的像一個大西瓜。他昏迷了兩個月，才醒過來。這段時間，美蘭迷失了。她從來沒有受過這樣的驚嚇；真正體會了，什麼叫做六神無主。那種無依無靠的感覺，從現實帶入夢中，從夢中又帶回現實。她去了好幾次「望夫石」－不合規矩的，偷偷擺上供品。盼望她的先生，能夠回來。這段時間，美蘭也對「討海人」的命運，有悲觀想法；就算是不出海，也逃不過失去的命運麼？那種

失去，那樣隨機、突然、徹底。就像是漁夫出海，沒有回來。完全一樣。

來興醒過來以後，整個變了一個人。他的生活機能還算正常，就是不說話。見了人，總是微笑。漁港的人，不習慣「大尾」微笑。他們認為，來興已經瘋了。嘴巴碎的，建議美蘭把他送到瘋人院，然後呢，找個男人跟著罷。才二十八歲，可憐唷。嘴巴更碎的表示，要不要先離婚，再送瘋人院？不然有個瘋子先生，哪個男人會要？說來說去，極其惡毒的聲音出現了。怎麼辦呢？那就去做那種事情罷，讓每個男人要罷。美蘭不知道，事情為什麼演變成這樣？人心為什麼這樣壞？這裡的人，一直恨她？還是知道她的悲慘，才開始恨她？這種日子，過不下去。這個地方，待不下去。

結婚整整十年，發生這種事。美蘭想，是不是來興的十年大運走完？為什麼他的大運走完，自己也要跟著受難？難道男人女人結婚，命運就合而為一了麼？美蘭這個海邊女人，開始想事情，開始越想越多。慢慢的，她變成一個喜歡想事情，會想事情的人。海邊女人不會想到的事，都在她的腦中盤旋起來。她不相信來興瘋了，她認為，來興跟她一樣在想事情。在沒有想好之前，他不願意說出來。一定是這樣，她的來興還在蛻變，就像是以前一樣。一次次的變化，越變越好。

兩年以後，結婚十二年。來興三十四歲，美蘭三十歲。一天傍晚，兩個人在海邊的沙灘散步。忽然，來興沒有徵兆地，說話了。他念了兩句詩：

「眾人見風皆轉舵，唯君臨川羨魚蹤。」

過了一會兒，他又念了兩句：

「本來回頭即是岸，何愁海闊天不空。」

念完整以後，來興一遍又一遍的念，停不下來。美蘭呆呆的看著來興，放聲大哭。淚水像瀑布一樣，流過她的胸口，淌在腳下的砂礫上。兩年來的恐懼和悲傷、屈辱和無助，第一次有了傾瀉的機會。美蘭跪下來，對著來興頂禮。就像是，一個虔信者面對著神明。來興繼續念詩，美蘭繼續頂禮；兩個人在極平靜和極激情的狀態中，互動著。直到橘紅色的太陽，慢慢沈入海裡。

3

母親還在睡，女傭還在看電視。子輔發現，她和美蘭的姿勢，都沒有改變過。講了多久的話呢？也許很久，也許沒多久。她想低頭看手錶，結果抬頭看了牆上的計數器。計數器跳了九個字，表示醫生看了九個病人。子輔沒有再想時間的問題。人集中注意力的時候，時間不能以數目字計算。

子輔是藝術家，住在外國二十年。母親，三十多年前，從聯合國教科文組織退休。她們的生活背景，跟美蘭差別太大。但是，子輔對美蘭的故事，聽的津津有味。並不是經驗的差距，令人覺得新鮮；而是，不同的經驗裡，好像有什麼非常類似的部分；讓人覺得，彼此分享著一個熟悉的故事。類似什麼呢？熟悉什麼呢？是時代變動麼？是命運起伏麼？還是，同為女人的種種？子輔不能很清楚的勾勒出畫面。形式與內容罷。形式雖然不同，內容裡總有相互共鳴的元素。子

輔的專業，派上了一點用場。

「有事麼？」女傭沒頭沒腦的講了一句。

大概看電視太投入了，有點不好意思。

「沒有事。你看你的，我聽我的。」子輔轉頭，跟女傭回了一句。

女傭「喔」了一聲，回到她的虛構世界裡。子輔把頭轉回來，輕輕的問美蘭：

「然後呢？」

　　水邊人說「船到橋頭自然直」，山邊人說「沒有過不了的火焰山」；生物學家說「生命會自己找出路」。自從那天傍晚以後，美蘭也變了一個人。從無助變自信，從軟弱轉堅強。她很確定自己的看法；她很確定，來興沒有發瘋。但是，自從來興念了那首詩以後，也不曾說過別的話。他還是見了人就微笑；有時候，會對人念那首詩。念詩與否，好像看心情，也好像看對象。美蘭觀察了很久，覺得，好像是看對象。

　　七年前，美蘭替來興算過命。算命仙說的「十年大運」「頭部受傷」似乎都應驗了，至於「沒有子嗣」「夫妻關係淡薄」「有神佛緣」，美蘭也都記得。算命就是這麼回事；要是不相信，也就算了。要是相信，就會在潛意識中主導自己，往那個想像中的命運靠近。結果呢，想像也就成了事實。美蘭仔細想「沒有子嗣」「夫妻關係淡薄」「有神佛緣」這三件事。真的！來興唯有出家，才能與這三件事情合轍。兩年下來，來興看來可以自理生活，但是沒有謀生能力。出家，倒真是一條可行的路子。一個女人，讓自己的丈夫出家，需要絕對的

理智。不過，美蘭的理智，還不止於此。來興出家，固然是他一生最好的歸宿，那麼，自己的一生呢？自己的歸宿呢？美蘭沒有考慮很久，念頭轉了幾轉，就做了決定。她要跟來興一起出家。她的一生，就是來興的一生。來興的歸宿，就是她的歸宿。

美蘭的想法，在漁港快速流傳。一來，大家認為，這是解決問題的好辦法。二來，大家對美蘭很好奇；一個女人，怎麼敢做這種決定？無論如何，來興和美蘭，再度成了漁港的話題。美蘭對於出家的想法，始終堅定。最後，「來興嫂」成了漁港的英雄人物。男人看見她，會投以尊敬的眼神，女人看見她，會主動過來聊兩句。社會就是這樣，喜歡打落水狗，也喜歡錦上添花。有難的人，必須自尋生路。尋出生路，就找回尊嚴，沒有其他辦法。至於說，來興的那一掛兄弟，也樂觀其成。自從老大被殺，來興受傷以後，這一掛的「海鷗」變得蕭條。沒義氣的，跟隨其他「老鳥」去了。有義氣的，苦撐兩年－做做漁港的獨行俠。說實在，來興的存在，讓他們有尷尬的感覺。本來麼，人在人情在。人都不在了，不能只講感情不吃飯的。現在，來興要出家，要離開漁港。老旗幟可以降下來，是件好事。大家可以放手各奔前程，不再牽掛情義問題。來興和老大呢，會成為漁港的傳奇，有什麼不好？過去了麼。事情過去了以後，端看和事情有瓜葛的人，如何讓事情過去。美蘭的作法，非常周到圓滿。兄弟們成立了一個「後援會」，表示大哥大嫂出家後，在修行的路上，要開山立堂，還是要閒雲野鶴，放心好了，他們是永遠的「石頭」；一輩子讓他們踩著！兄弟們話說的漂亮，來興的風雨十年，也落幕的漂亮。

漁港靠海，鄰近的一個縣，就多山了。以前人說「山不在高，有

仙則名」，不錯的。鄰縣有座山很有名，不過，不是那裡有仙，而是有廟。那座廟不大，但是有個修行好的老和尚。老和尚原來是住持，已經退休－術語叫做「退居」。每天除了打坐之外，就是隨意的跟俗眾談談佛法。廟裡的規矩很嚴，只有住持可以稱為和尚，只有住持可以對大家宣演佛法。老和尚麼，既然已經退居，就可以大開方便之門，不受約束。所以，一個普通的小寺院，因為老和尚佛心，願意跟大家同沾法雨，便有名了。不過，這個廟雖然有名，卻很清靜。原因是：它遵守老傳統，是個修行道場；不辦法會與俗眾結緣。不辦法會的寺院，去的人就少了。一般人，寧可花大錢，辦個「水陸法會」，順便去廟裡玩一玩，也不願意枯坐聽講。所以，有名歸有名，倒不是俗名。大家說到那座廟，有不一樣的感覺。美蘭對於出家這件事，沒有多考慮。對於去哪個廟出家，也沒有多考慮。因為她還記得，算命仙說過，來興出家會有大成就。那麼，既然出家，就要找重修行的寺廟出家。有老和尚的那座廟，是唯一選擇。

端午節的前幾天，美蘭、來興還有幾個跟在身邊的人，一起上山去看老和尚。那時候，廟裡正好施行「結夏安居」，顯得格外清靜。因為事前連繫過了，一行人到了山門，有個廟裡的知客僧等著。

「幾位施主好。」知客僧跟大家合十。

幾個人愣了一下。施主這個名稱，離開他們太遙遠。粗俗慣的人，見不得文雅場面。加上那個合十的手勢，也讓他們手足無措。結果，大家慌亂著還禮：有的鞠了九十度的躬；有的把手放在頭頂上；還有的，彎著膝蓋，好像準備要跪下。這裡面，只有美蘭很沈穩。她把雙手放在胸前，欠了欠身－在這一群動作滑稽的人物間，顯得特殊。知客僧多看她一眼，點了點頭。

　　老和尚的廟，雖然有名，但是美蘭他們從沒來過。漁夫以殺生為業，算不得善心人士。何況，民間人士接觸正規寺廟的不多。一般說「你有沒有拿香啊？」是指有沒有去宮觀裡走走。宮觀裡的神明，坐在香煙繚繞的寶座上，四周是金碧輝煌的雕刻、五顏六色的裝飾。然而，老百姓就喜歡這個調調。熱鬧嘛，喜氣嘛。生活上的不順心太多，不就圖個熱鬧喜氣，平衡平衡？到了宮觀裡，就像過年一樣。大魚大肉擺在神桌上，吃罷！吃了我的，總要替我辦點事。至於說，修心修行，那個境界太高；解決不了眼皮下的問題。

　　因為依山建廟的原故，從山門往上走，要十多分鐘，才能到達真正的塔院聚落。山坡很平緩，維持著原始的茂林狀態；其間有不少百年大樹。美蘭他們，跟著知客僧爬高，沒有人講話；東張西望的，看著周圍的各種綠色。可以說，貪婪的看著那些綠色。這批市井之徒，在被綠色淹沒的同時，似乎嗅到了一種不同以往的宗教氣味。一個年紀大的，忽然冒出一句：

　　「喔。不簡單。」

這句話，說的沒頭沒腦；但是，準確描繪了大家的心境。美蘭很敏銳，她覺得，這一大片綠色很眼熟，有大海一樣的威嚴。也許，大自然都有威嚴。也許，宗教的威嚴，就該像大自然的威嚴。這是美蘭這個海邊女人，走進山裡的第一種想法。

　　走著走著，看見深灰色的瓦了，看見廟宇的屋頂輪廓了；看見寺廟的大殿了。知客僧回頭說：

　　「廟裡出家的男女眾，都可以稱呼師父。但是，不要隨便叫法

師、和尚。那些名稱都有特定意義。」

大家謹慎的回應著，很嚴肅呢；有規矩的地方呢。美蘭表示要見老和尚；其他人則慢慢地往大殿門口移動，想看看裡面的神明。知客僧離開了，美蘭他們，很自然的走進大殿。

　　雖然說是大殿，其實並不大。大概一百平方公尺罷。最中間置了一尊觀音菩薩。菩薩鍍了金身，看來有些時間。因為，顏色和平時看到的不一樣－不刺眼，很深沉的金。另外，菩薩的臉，也和平時看到的不一樣－有點胖，像一個媽媽的樣子，說不出的漂亮味道。後來，美蘭才知道這尊菩薩很有來歷；廟裡不說漂亮，那種說不出來的味道，稱為莊嚴。菩薩的旁邊，有兩尊神像。一尊美蘭認得，是拿著刀的關公。另一尊，拿著一支杵。旁邊一個常常「拿香」的說：拿杵的那個是韋陀，祂們都是觀音菩薩的護法，是保護觀音菩薩的。

　　知客僧回來了，把大家迎到客堂，老和尚已經坐在裡面。一進門，美蘭就拉著來興，要給老和尚磕頭。

　　「不頂禮，不頂禮。」老和尚說。

美蘭還是跪下了，大家也都跟著跪下了。老和尚沒有再堅持，說了一句：

　　「一次就好。」

那怎麼可以？磕頭就要講三跪九叩，這是誰都知道的。美蘭很虔誠，每一次磕完頭，都挺直身體看著老和尚，再磕第二次。美蘭沒有磕完九次。因為她第三次看老和尚的時候，就不能控制的哭起來，並且越哭越傷心。最後，她匍匐在地上，身體抽搐著起不來。

這就是初次見面的清況。美蘭到了廟裡，像是落海者抓到浮木；有了安全感。安全感這件事情很難說；一般人認為，弱者才沒有安全感。其實，強者也沒有安全感。只是他們的心態，不允許自己在人前示弱；除非，遇到了更強的、值得信賴的人物。對於強者而言，這種機緣可遇不可求。甚至，一輩子也遇不到；也就只好，一輩子往肚裡吞苦水。

　　美蘭停止了哭泣；很直接的跟老和尚說，她和來興想在這裡出家。老和尚對於這種事情有經驗。表示現在是廟裡的「結夏安居」，大家都在清修，等過了這段時間罷。如果有緣份，歡迎隨時來廟裡玩。這個話，說的是實情，一來廟裡辦「結夏安居」，每年的四月十六到七月十五，整整三個月。的確是須要少外務，求安靜。二來，見面就痛哭流涕，要出家；老和尚也見得多了。這種人，多半在社會上遇到了不舒服，希望圖個心靈平靜。但是，心靈的平靜方式很多嘛，何必一定離開社會出家呢？心境起伏太大了。心境起伏大的人，很難調伏其心，得到真正的平靜。難保什麼時候又覺得不舒服啦，又還俗啦。對廟裡而言，出家人還俗，不是什麼體面事。所以，要謹慎從事，觀察觀察。時間過得快，已經接近中午。老和尚笑眯眯的說：

　　「我們一起過堂罷。」

美蘭一夥人，你看著我，我看著你，不知道回答什麼。陪在一旁的知客僧說：「老和尚慈悲，請大家一起用餐。」

說了幾次不好意思，大家開始慢慢向外面走。知客僧小聲對美蘭說：

　　「第一次見面，就一起吃飯的，不多。他在外人面前說過堂－這種廟裡話的，更不多。老和尚跟你們應該很有緣份。」

美蘭嗯了一聲，用力的點點頭。

　　美蘭他們離開以後，老和尚和知客僧談了許久的話。知客僧認為，這幾個人長得不像善類，是不是要如他們的願呢？廟裡同時有男眾和女眾，不是個問題；古來有這個規矩。但是，美蘭和來興，原本是感情很好的夫妻，他們棲止在同一間廟裡，對於修行的道理，是不是有些違背呢？其他的師父，會不會有意見呢？知客僧的問題，都很中肯。提出這些問題，也是他的職責所在。老和尚表示，夫妻兩個人出家，會出現實際上的問題。但是，應該可以想到什麼辦法罷。知客僧聽出老和尚的意思，心裡有了個譜。美蘭回到家，心裡也有了個譜。她決定每個星期，都要跟來興上山一次，表現誠意。等到「結夏安居」過去，相信廟裡會對他們有正面的看法。

　　美蘭常帶來興到廟裡走，漸漸地，跟廟裡的師父們都熟了。這間廟分為兩院，有男師父和女師父。只是，大家都有些年紀，觀念很保守。老和尚已經七十多，住持也有五十多。其他僧侶，在五十到七十之間。年紀大和作風保守，是廟裡香火不旺的原因；反過來說，倒也是廟裡以修行著稱的原因。所以，美蘭和來興想要在這裡留下來，和各位師父關係處好，是件重要的事。

　　也許真的是有緣份，天註定。美蘭和來興，很受到師父們的歡迎。美蘭做人老實質樸，大家願意與之親近。至於說來興呢，這群出家人也開始注意他了。原來，來興到廟裡多次，從來沒有說過一句話，只是對眾人微笑。請他坐下，他也會學出家人一樣，盤腿坐在椅子上。有人教他合十，他也一學就會；幾個鐘頭過去，雙手沒有離開過胸口。

師父們對這件事感覺有趣，喜歡跟美蘭談來興；當然，多少也有客套應酬味道：啊，這個人與佛有緣啊；根器不錯啊。但是時間久了，客套應酬的成份，相對減少。大家發現，來興不像美蘭那麼好奇；到了廟裡這看看，那看看。來興很習慣一個人盤腿坐在椅子上，一坐就是幾個小時。事實上，他總是找一個固定的角落坐著，一直坐到美蘭要離開。離開的時候，還多少有些不情願的表情。

來興的表現，讓師父們對他有些敬重的意思。因為，他就像是一座雕像一樣，一動也不動。好像跟廟裡的佛菩薩，融為一體。說他是廟裡的一件傢具，一件擺設，有點開玩笑。說他像是一尊菩薩，又有點…言過其實。何況，來興只是一名香客。像尊菩薩的這種話，師父們不可能輕易說出口。但是，他就是有那麼點味道。

最後，不但師父們常常走過來看看來興，其他的香客，也走過來看看來興。甚至，還有的香客對他合十問訊，以為他是什麼高僧大德。這件事越來越離奇。離奇到，有一天老和尚也親自來看。老和尚看見來興閉著眼睛打坐，說了一聲阿彌陀佛，也就離開了。但是這一聲阿彌陀佛，又引起了眾人的議論。什麼意思呢？難不成指來興是…？話說回頭。阿彌陀佛，是出家人一句很普通的打招呼話。可以有意義，也可以沒有意義。就這樣，來興變成一個廟裡的話題。這個話題，也或多或少的，傳到了廟外面。

「結夏安居」要過去了。廟裡相對忙碌起來，不過沒有其他的廟宇忙碌。美蘭的漁港，也忙碌一些。原來農曆的七月十五，是盂蘭盆

節，講的是目蓮救母的故事。道教附會這個故事為中元節，表示七月
初一開鬼門，地獄中的鬼都出來了；所以十五那天要大辦法會，救濟
它們。這個說法，和目蓮救母沒有什麼關係。但是，辦法會可是賺錢
的事，所以，很多寺廟也反過來接受道教說法，辦起中元普渡了。老
和尚的廟，不辦法會。對於目蓮救母，認為是孝道與毅力的典範。出
家不再過生日，所以，這一天藉由目蓮母親得救，當對自己母親感
恩。大家一同念經，迴向給自己的母親和所有的母親。老和尚的看法
和做法，當然是很好的。只是一般人貪新鮮、好熱鬧。寧可給鬼過
節，也不願意花時間，想想自己的媽媽。

這個世俗的中元節，前後可以過很長，簡直像是過年一樣。這樣
說罷，時間超過過年一倍。給人過年，也就是初一到十五。給鬼過
年，可以鬧三十天。一直要到七月三十，關鬼門為止。鬼比人大，或
者由此可見一斑。七月份，在美蘭的漁港，也是重要月份。大家都煞
有其事的，對鬼表示額外敬意。倒不是漁民都信道教，而是漁民生死
常常一線之間。對於那個未知的世界，畏怖之心，也相對濃重一些。

七月過去，轉眼間，中秋節快要到了。美蘭的出家心念，完全沒
有退轉。並且，來興總是在廟裡打坐這件事，讓她的決心，更為堅
定。不過，美蘭也有心事：廟裡會不會收下他們呢？幾個月的來往，
美蘭對於出家種種，知道多了。她知道廟方保守，最大的顧慮，是她
跟來興是夫妻；是很相愛的夫妻。在家的好事，竟然成了出家的壞
事。美蘭有時候鑽牛角尖，也會生氣：難道非要拆散人家夫妻，才能
出家？但是她畢竟聰明，想著想著，也就明白：這種夫妻間的情愛牽
連，是不合適帶進寺廟的。進了寺廟，目的就是修行，目的就是修掉

各種人間的牽掛。到了廟裡，怎麼能還做恩愛夫妻呢？那就太不像話了。美蘭想到，以後不再是夫妻，難過了好幾天。幾天以後，她的堅強性格，終於發生作用。她不再想是不是夫妻這件事，她想，要怎麼具體的解決問題？怎麼樣可以兩個人同時出家，但是不被廟裡拒絕？

美蘭是漁村的女人，十多年來，她是大尾「海鷗」的女人。對於人情世故，也許沒有實際歷練到，但是聽到的可多了。所謂「吃的鹽比飯多，過的橋比路多」，可能就是這個意思。對於出家這件事，美蘭認為，她應該替廟裡解決問題，而不是成為廟裡的問題。

美蘭的辦法，其實很簡單。第一，她看出廟裡經濟不大好，所以，願意定期、長期的供養。第二，她要修繕後山的一座小佛堂。那座小佛堂，年久失修，屋頂漏水，完全沒有使用價值；美蘭把它修好，讓來興在裡面安心打坐。第三，她出了這麼多錢，但是甘願屈身伙房，替大家做飯。雖然住在廟裡，但是，不再談自己跟著出家的事。美蘭的辦法很真誠，也很世俗。古人有「窮讀書，富修行」的說法。道家更是根本明說，修行要靠「財、法、侶、地」，財放在第一位。現在，佈施了錢，讓大家生活好一些；接近諸位師父，接引正信的修行法旨；自己不給廟裡找麻煩，但是可以就近照顧來興；來興呢，也有自己的清靜處所，修身養性。當然，美蘭哪裡懂什麼「財、法、侶、地」。但是，也許她有智慧罷；也許，智慧就是生活經驗罷；生活經驗豐富的人，自然有些智慧。

廟裡的規矩大，任何事情，最後都需要老和尚拍板。老和尚的修行功夫很高。金錢麼，早就不往心裡放。有大施主供養，自然是很好

的事，改善大家生活麼。然而多年來廟裡香火不盛，也就是因為廟裡重修行，把改善生活看輕。對老和尚談金錢供養，還可能遭到反效果。但是，老和尚最後還是點了頭。他對這件事點頭的時候，是搖著頭說的。他唸了一首禪宗五祖弘忍的偈子：

「有情來下種，因地果還生。無情既無種，無性亦無生。」

然後，又搖搖頭：

「這位女施主，發心犧牲自己，了不起。我這個老修行受她感動了。慚愧慚愧。回去唸經三天懺悔。」

說完了，也就走了。兩個比較深思的師父，跪下對老和尚的背影頂禮。

事情這樣底定。第二年的六月十九日，美蘭和來興正式皈依，並且住進廟裡。那一天，是觀音菩薩的成道日。來興在漁村的那一幫子人，也來了二十幾個，算是祝賀；祝賀大哥大嫂出家，到一個他們不了解的世界去了。當然，他們也不了解，美蘭和來興沒有真正出家。沒有剃度，怎麼能算出家？連所謂「掛單」都說不上的。他們只是廟裡的「常住居士」，在廟裡與僧侶一同生活。想要離開呢，也可以隨時離開。廟裡接受了他們，但是，也給雙方留了退路；這是對於急著出家的人，一種周到圓融的作法。

廟裡生活，和外面的確是大不相同。怎麼回事，要從穿衣吃飯說起。雖然，廟裡修行講究發心，但是，心可是很難捉摸的東西。主觀的心，要受客觀環境制約的。如果外在的吃、穿都不改變，要求內心獨自發生變化，就強人所難了。這個道理，就像是桀驁不馴的人，加入了軍隊。穿上軍裝戴上軍帽，就自然會向長官敬禮。人的改變，到

底是由內而外，還是由外而內？有經驗的人和理論家的講法，不一樣。軍隊和寺廟，對於改變人都有經驗。畢竟，都是有幾千年歷史的老團體。

　　不再吃葷食這件事，是個很大的改變；美蘭和來興，對於廟裡吃素，適應得很快。說也奇怪，他們居於漁港社會的食物鏈頂端，每日吃好喝好，應該是不慣吃素的。但是，也許是「少吃多滋味」罷。廟裡的伙食，很對他們胃口。事實上，廟裡雖然吃的簡單，但是味道並不差。基本上，伙房喜歡做「羅漢菜」，也就是大雜燴的湯菜。蘿蔔、青菜、大白菜，豆腐、番茄、玉蜀黍…凡是能夠想到的菜蔬，都可以放進去煮一大鍋。每人每餐，都可以盛到一大碗。據說這種吃法，是紀念釋迦摩尼當年托缽乞食的制度：大家把乞討回來的飯食，放在一處，然後分食。這個制度在中國沒有施行，改為供養制了。也就是信眾給廟裡香火錢，廟裡自己去買食物。但是話說回來，「羅漢菜」聚集了多種菜蔬的滋味，味道不可能不好；同時也提供了修行者充分營養。更加上，廟裡的「羅漢菜」經過老和尚指點，以豆芽和海帶做為湯底。這兩樣東西的加入，使得「羅漢菜」鮮美無倫，與上等的葷食物料相比，根本無分軒輊。

　　廟裡生活樸素，能夠自己生產的，不假手外人。廟的後面，原來是大片樹林。幾十年來，在老和尚帶領下，開闢成了菜圃。各種菜蔬，都很齊備。美蘭願意在伙房工作，當然對於食物關心。她每天早上和下午，都花一些時間在菜圃裡，跟大家一起做農活。漁港的女人能吃苦，有力氣。工作起來，絕對不輸給其他人。
　　「一日不作，一日不食。我們的基本功課。」老和尚不止一次這

樣說。廟裡的各種勞動，叫做「出坡」。美蘭喜歡這個名字。她喜歡廟裡的各種術語；那種感覺，就像是在漁港時候，大家講行話一樣。她也喜歡「寮房」那個名字，那是她和女師父一起住的地方。那個名字有粗獷的味道，也讓她想起漁港的一切。至於說來興，他不和男師父住，而是一個人住在後山的小佛堂。美蘭希望他住的舒服一些，也希望他安心的修行，將來有成就。

進廟的第二天，幾個女師父，拿來一些衫褲。一個年長的說：

「以後再穿著外面的衣服，不得體了。換上廟裡的服裝罷。不過妳是居士，和我們的打扮不能夠相同。這幾件衫褲妳先比一比大小，我替妳改一改領子，就可以穿了。你先生的衣服，也是一樣，不能和法師相同，要改領子。」

美蘭謝過了女師父，很覥腆的說：

「以後我不說他是我的先生了，我叫他師兄。你們叫他來興就好了。」

女師父深深的看了看美蘭，是很發心啊。但是，能夠撐多久呢？兩個人都三十多歲，是廟裡最年輕的；日子長得很，修行生活，不是外面人能夠想像的。當然啦，煩惱即菩提。磨難的開始，正是增長智慧的開始。只是，多少人盼望心靈的寧靜，又有多少人耐得寂寞，堅持走下去呢？

「好的。來興的衣服妳來處理罷。」女師父緩緩的說著。

美蘭拿著一疊衣衫，看著女師父。

「我們，要剃光頭嗎？」

女師父笑了笑。

「沒有這個要求。可是光頭也是一種髮型，你們要理個光頭，廟

裡也沒有意見。不過沒有儀式，算是自己落髮，不算剃度喔。妳的光頭和我的光頭，不一樣喔。」

美蘭也笑了。最後，她和來興都落髮了。她覺得，那是一種下定決心的表現。

按照規矩，「常住居士」要和出家人一同作息；要一同聽經、打坐，參加早晚課。並不是一般人以為的：花了錢，找個清靜地方閒住；好像旅遊住旅館一樣。每天早上，三點鐘，廟裡就燈火通明，鐘鼓齊鳴。美蘭總是盡量參加，聽師父們唱梵唄。她站在最後面，不等早課完就離開。因為師父們五點鐘用早膳，美蘭要去伙房準備。不過，來興不參加早晚課，也不聽經。吃飯以外的時間，整日在小佛堂中打坐。這件事，師父們沒有什麼意見。畢竟修行的各種方式方法，都是為了讓心靜下來。打坐在修行的活動中，可以說難度最高；遠比早晚課和聽經困難。早晚課和聽經，都是團體活動；唯有打坐是個人的事，唯有打坐時候，才是真正觀心、觀淨的修行時間。一個初學修行的人，如果能夠輕鬆的打坐，整日的打坐，也算是相當殊勝的事。來興是「常住居士」，規矩鬆動一些。廟裡對於來興的修行方式，樂觀其成。

一般家庭中，父母子女關係，不一定和樂。因為父母對子女有責任，所以總是耳提面命，喋喋不休。古人的辦法，是「易子而教」－讓別人教自己的小孩；壓力減少，教與學都方便多。其實在家庭中，也有人可以達到「易子而教」的效果，那就是由上一輩老人施教。祖孫兩代，絕對比父母子女相處的好。原因無他，祖輩、孫輩沒有教養責任，因此可以在笑談之中，起了春風化雨作用。除此之外，所謂

「含飴弄孫」麼；拿個糖果逗著學，哪個小孩不樂意？同樣的道理，廟裡也有親情。老和尚多把年輕僧侶當孩子，嚴厲的很。現在，來了兩個孫子輩小朋友，生活自然活潑些。老和尚的心境，也活動許多。

自從退居以後，老和尚便真的不管寺務；每天打坐修行，山上各處走走。如果有外面的信眾請教，他也願意坐在樹下跟大家閒談。沒有事，老和尚也會去後山小佛堂看看。有時候，來興閉著眼睛，老和尚也不跟他說話。有時候，來興張開眼睛跟他微笑，老和尚還是不跟他說話。似乎兩人之間的溝通，並不在於言語；他只在小佛堂裡坐坐，也就離開。不過，他常常放下幾個水果。廟裡吃東西定時定量，吃零食是不允許的。幾個水果，算是擺設；也可以聞聞香氣，有助清心。

至於伙房，老和尚本來就關心。出家人不吃葷，但是吃的健康營養，是必須的。身心自在麼，身體不健康，要求心靈安適，不可能的。維持身體健康，當然吃東西重要。老和尚是北方人，所以廟裡除了一般的米飯、饅頭之外，還吃麵條和餃子。老和尚最得意的發明，就是「打滷麵」和「湯餃」。其實就是麵條或者素餃，澆上「羅漢菜」罷了。為了更像「打滷麵」和「湯餃」，這樣吃的時候，要打糊水；也就是勾芡。熱乎乎的一大碗，還真有那個樣子。廟裡的食物，都是自己做的。對於擀麵條和包餃子，美蘭很快就學會了。說到蒸饅頭，美蘭始終不拿手。她蒸出來的饅頭，發不起來，又硬又扁不蓬鬆。每次飯桌上出現這種饅頭，老和尚都會多唸幾次阿彌陀佛。

美蘭參與煩瑣的伙房工作，可以說相當忙碌。廟裡不行「過午不

食」的制度，要準備三頓飯。一頓飯，前後要花三小時準備和清洗；加上菜園的工作，美蘭一天的工作量，超過十二小時。以她對廟裡的財力供養，完全不必這樣辛苦，只要參加修行活動就好了。但是，美蘭的堅持有原因。她希望自己在身體上累一些，不會總想到夫妻的事情。事實上，除了吃飯，美蘭很少見到來興。有必要到小佛堂的時候，也會找其他僧侶一同前往。這些小事情，大家都看在眼裡。以「常住居士」的身份而言，美蘭對待自己很嚴格。說實在，任何廟裡的僧侶，身份都不整齊。有的從小出家，有的半路出家；也有的社會上出了事情，「逃禪」逃到廟裡；原因可是多了。所以，廟裡對於僧侶的紀律管理，並不如想像中容易。像美蘭這樣自動自發砥礪自己的，可以說少之又少。老和尚對這些事情，也不說什麼。他總不好特別標榜美蘭，表示僧侶該向一個居士學習。那樣也失了體統。

老和尚當然喜歡守規矩的人，願意跟美蘭和來興親近。來興麼，看來有自己的路數，就讓他打坐去罷。估計時候到了，會真正出家的。老和尚很放心來興，甚至，心裡默默地，把他以後的法號都想好了。對於自己的這種認知，老和尚也覺得好奇；幾十年了，沒有過類似的經驗呢。至於美蘭，內心比來興辛苦的多了；怎麼樣幫助她，老和尚沒有具體想法；他也不需要有具體想法。「佛渡有緣人」麼，美蘭將來如何，一切看緣份。不能說她看起來可憐，就過份心疼照顧。那就叫做「強渡」。那就會出現「泥菩薩過江」的問題。很多比較年輕的師父，心態熱情，就想助人。結果，適得其反。老和尚不會這樣，他的修行很好，他的年紀也很老；經歷的場面多了。

人的緣份，就是如此。彼此有好感，不見得要如何顯示，也就心

知肚明。美蘭工作很忙，但是也有閒暇。她看見老和尚在樹下，跟信眾聊天，便主動蹭過去，坐在一旁。美蘭讀書少，早晚課和聽經的活動，對她純然是個形式；哪裡聽的懂。老和尚的閒聊天，輕鬆淺顯，是她接受知識的最好機會。一天，也是機緣湊巧。一個鄉下老太婆，由女兒陪著來廟裡。指名要請老和尚去趕鬼－說是家裡有鬼，鬧得心慌。老和尚請一個女師父去開導開導她，也跟她明說廟裡不做法事，這種事情，去找道士罷。美蘭耳朵尖，心也聰慧。抓住這個機會，不肯放過。她看看周圍沒有人了，過去跟老和尚坐近一些。

「師父。你說要她去找道士。道士管用嗎？你的意思是真的有鬼囉？」

這算是第一次，老和尚跟美蘭單獨談話。嘿嘿。言辭很犀利呢。直接問我有沒有鬼。老和尚很高興。簡單明瞭，不落俗套。沒有經書裡面的各種框框架架。「這個有很多說法，妳願意聽麼？說法不同的。比方說，我們說天堂地獄。鬼不是都是住在地獄裡面受苦麼，這是有鬼的說法。」

美蘭點點頭。她想說中元節的事情，但是不敢打斷老和尚，沒有說出口。

「又比方說。我們說人死了要投胎，七七四十九天就要投胎。這四十九天裡的那個東西，叫做中陰身，也就是鬼。可是，它只能存在四十九天，就要投胎。可見，就算有鬼，只能活四十九天啦。」

老和尚咳嗽了一聲。

「也有的說法，不承認有中陰身，以為人死後就直接投胎。那就根本沒有鬼了啊。你看，說法好多。」

老和尚說了一大堆，美蘭只聽進去「鬼活四十九天」。沒有聽過呢。她腦子裡還想著這件事，可是，嘴巴裡問到：

「那麼，為什麼這麼多的說法呢？」

「因緣說法。沒有緣份的人，講話講不到一起。硬要講到一起，就是對牛彈琴。聽不懂的。所以，對於不同的人，講不同的話開導。很多經典、派別、說法都不相同，就是這個原因。」

美蘭忽然想到什麼，她鼓足勇氣，跟老和尚說：

「那麼，那個老太婆…跟你沒有什麼緣份，對不對？你不相信有鬼，對不對？」

老和尚哈哈大笑。他覺得，他對這個美蘭，多認識了一點。

回到休息的地方，準備要睡了。美蘭習慣的看看窗外。從剛開始的時候，默念「來興，你還好嗎」，到現在默念「師兄，你安睡」，已經有幾個月了。美蘭想到白天老和尚說的「因緣說法」，她看看旁邊在整理床單的女師父；她們都是不一樣的人嗎？她們的修行方法，都不一樣嗎？記得以前聽講的時候，聽到過一句「八萬四千法門」；說修行的方法有好多種，數也數不清。今天聽老和尚說「因緣說法」，好像兩件事有關係的。廟裡不強迫人；這一點，是很不錯的。本來嘛，修行是自己的事，別人管什麼呢？看來，來興的確有修行的本領。打坐，已經是他的修行方式了。並且，他的打坐，引起很多人的重視；認為他很會打坐。那麼，我的修行方式是什麼呢？沒有答案。美蘭想到鬼活四十九天的事。奇怪，怎麼關於數目字的事情，特別容易記住？女人的關係罷。想到這裡，她輕輕嘆了一口氣，慢慢的睡著了。在夢裡，她回到了漁港，和她的來興一起在海邊散步。她走在前面，來興走在後面。她回過頭來問：「來興，你還好嗎？」

美蘭對於老和尚講鬼的這一段，特別有興趣。她很希望知道，修

行和鬼神之間，有沒有什麼關係？是不是有一天，來興會變神仙？不過上次的老太婆事件，老和尚態度很明顯，不喜歡談鬼神。可是，宗教就是跟鬼神有關的嘛。漁港雖然是小地方，那裡宮觀倒是不少。裡面的各種神明塑像，可多了。有節慶的時候，宮觀會派出七爺、八爺、八家將等等，到街上遊走一番。那些「人物」，可連神明都說不上，都是鬼爺呢。有人家裡不乾淨，也是請人來畫符趕鬼的。可是在這裡，沒有人說這些事。除了早晚課、聽經，就是打坐。當然啦，美蘭也知道，這裡的修行很高級，是最高級的；否則也不會讓來興到這裡。不過，沒有鬼神的世界？以前算命仙不是說來興有神佛緣嗎？神佛在哪裡呢？

美蘭想著這些事，特地跑到大殿裡面，去看那尊觀音菩薩。大殿裡，除了觀音菩薩，沒有別的神祇；旁邊的關公和韋陀，算是隨扈罷。那麼，廟裡沒有其他神像了？沒有很多神像的廟，怎麼算是廟呢？還有，老和尚，有沒有法力啊？如果他都不講鬼神，他的法力用在哪裡呢？他修行做什麼呢？一連串的問題，讓美蘭很迷惑。不過，迷惑這件事也算是一種情緒，來來去去的。美蘭沒有太多時間，去專心迷惑。她有很多體力活，她必須專心在那些體力活上。也許，那些體力活，就是她的修行方法？

很多困惑，都要自己解決的。別人教導，不容易進腦子裡。如果有一天，發現別人說的有道理，那也多半是印證；是把自己經驗和別人說法，印證在一起。所謂佛渡有緣人，大概就是這樣。佛菩薩不能直接幫助你，只能在時機成熟的時候，拉你一把。至於說，那個時機是什麼？真的很難說。美蘭在廟裡時間不短了。長期接觸心靈活動，

長期和來興若即若離的奇異關係，讓她有點變化。這點變化，造成一些疑惑，一些不安，一些騷動。表面上，看不出來什麼；她自己，也不覺得什麼；只是平靜的過日子。但是，那些變化，在她的夢裡漸漸浮現。

做夢沒有什麼。晚上睡覺，腦子不休息，把各種記憶和想像，胡亂串在一起。然而，如果夢境一直重複，那就有點問題；那就表示某些想法，長期盤據在腦子裡面。對於這些重複的夢，美蘭醒過來以後，會特別想一想。有一個夢，是天上有船，有好多大大小小的船。這些船在雲裡航行著，就像是在海裡一樣。美蘭可以指揮這些船，她的手動一動，這些船就跟著變換方向。這個夢，美蘭從結婚以後，就常常做。她認為，那和來興從事港口事業有關。她跟來興說過這個夢；來興說很好啊，能夠掌握船的行進，那簡直是媽祖娘娘了－何況，那些船都是在天上的，好兆頭。現在，這個夢又回來了。美蘭看見那些船，還是跟它們揮揮手。只是那些船，不一定聽她的指揮。這個夢不可怕，不過美蘭在夢境中，常常有遺憾的感覺。

還有的夢，就不這樣簡單。美蘭會夢見她在船上，跟來興一起出海捕魚。每次來興捉到了大魚，喊她拿魚槌，她都找不到魚槌！每次，都眼睜睜的看著大魚跑掉。來興沒有罵她，可是臉上有失望的樣子。美蘭覺得自己做了錯事，緊張的醒過來。醒過來以後，才想到他們從來沒有出過海的；怎麼做這種夢呢？這個夢，也常常在夜半來到，讓美蘭一身汗。

比找不到魚槌更特別的，就是關於帆船的夢。美蘭的港口，幾乎

沒有帆船；但是帆船會在她的夢裡出現。她夢到一個人駕帆船出海，遇到壞天氣。又是風又是雨，船帆被吹破，飄到天空中，像是一個大風箏！一個黑色的大風箏！那個風箏忽高忽低，在黑雲閃電中翻騰；有時候，幾乎壓在美蘭的頭上。美蘭害怕的大叫，叫著來興的名字，可是來興不在。這個夢裡，來興從來不在－任憑黑色大風箏折磨美蘭。這個夢就很可怕了。有一次，美蘭被女師父搖醒；因為她大喊大叫，哭著問來興在哪裡。這個，就可以算是惡夢了。

美蘭沒有把做夢的事放在心上。如果白天比較累，晚上作夢就會減少。不過，同樣的夢翻來覆去，總是讓人心神受影響。況且，最後那個夢出現的比例，有增加的趨勢。美蘭跟走得近的女師父說這些事。女師父表示，這些都是幻相，在修行上是必然出現的。一個人越是渴望清淨，就越會有不清淨的念頭來打擾。很正常。至於說夢到船和大海麼，大約是美蘭對這些東西最熟悉罷。女師父懂修行上的事，但是不是心理醫生。她說不出什麼心理學上的理論，也不會解夢。美蘭呢，因為生活環境的關係，也聽不懂什麼心理學理論。只是，女人嘛。如果有人能解夢，她還是很喜歡聽的。

「可不可以，讓老和尚解夢啊？」美蘭小聲問女師父。

「老和尚不解夢。他只會破你的迷夢啦。晚上有夢，是因為白天迷惑。」女師父總是把美蘭往修行的路上拉，也是菩薩心腸。不過，這種事情真不是一日半日的。美蘭要是可以明白這些道理，也可以作師父了。

「那，妳做夢嗎？」美蘭問女師父。

「我不知道。有夢我也不記得。不過，有時候，大家會半夜搖醒我。」

「嘎？打呼嗎？」

「不是打呼。是笑出聲。我常常在夢裡笑。笑的很開心。有時候會自己笑醒，有時候，就勞駕別人推推我。」

美蘭從來沒有聽過這種事，半夜笑醒？女師父表示，她倒是請教過老和尚。老和尚說，這叫做「法喜充滿」，很難得。白天的高興，帶到夢裡去，有境界。美蘭聽到這裡，有一些明白了。女師父很快樂，連做夢都快樂。那麼，自己呢？到廟裡來，是覺得平靜很多，但是，快樂麼？她很有疑問。那些夢，顯然是不快樂的。要多久時間，才能做快樂的夢呢？

「要花時間修的。不要著急。」女師父看出美蘭的想法。輕輕的說。「哦？妳怎麼會知道我在想什麼？」

美蘭很詫異。念頭一轉，也算是逮到機會，趕快問想問的事罷。

「妳知道我想什麼，是不是法力啊？是不是神通啊？老和尚有沒有法力啊？」

女師父笑一笑，不願意多說這件事。不過，她也覺得是個機會；讓美蘭記住一些事也好。

「我們不說什麼法力、神通的。據說神通有六種，其中一種最了不起，是我們可以修的。如果這一種修到了，其他的神通也就都有了。這一種，叫做『漏盡』。就是煩惱漏盡，沒有煩惱。」

「沒有煩惱，就有神通了？修行不是變成神仙？是把煩惱修掉，做夢都會笑？」女師父真的讓美蘭逗笑了。

「可以這麼說，修行就是做夢都會笑。」

女師父要離開，美蘭追在後面繼續問。

「那，老和尚做夢也會笑囉？」

女師父忍住了笑，慢慢的回答美蘭。

「我想，他不會笑。他應該…根本不會做夢。」

　　常常做夢這件事，算是過去。不過，這個過去，也有好幾年。美蘭發現，自從她不大做那些可怕的夢以後，她去看來興的次數增加了。這件事情，是一位會講經的女法師告訴美蘭的。女法師說的時候，眼睛裡有安慰的表情。美蘭少讀書，但是，是個聰明敏感的女人。她看懂了那個眼神。她對那個眼神，想了很久，想了很多事。她認為，她不做可怕的夢，是因為她不怕來興了。用怕這個字形容來興，讓美蘭很是吃驚。怎麼會用這個字呢？怕麼？是怕的。怕來興不好，怕來興不舒服，怕…怕的事情真多，好大的壓力。所以，她寧可少去山後的小佛堂，就是去，也找人陪著。現在呢？她不怕了。其實，來興真是好幾年如一日。每天除了寺中作息，就是微笑著，打坐著；偶而唸那句詩詞。來興，根本沒有什麼可怕。後來，美蘭終於了解，她不怕來興，她怕的，是她自己；怕自己對來興的關心，怕自己對來興的愛情；怕自己控制不住，怕…現在呢？情況有變化。是因為廟裡住久了？還是因為有一次，聽那個做夢會笑的女師父說：

　　「不是想學著開心麼？告訴妳，開心的相反，就是關心。你要打開，還是要關上呢？好好想想。」

美蘭沒有多想。她只覺得，那句話說的真好。「開心的相反是關心」。俏皮詼諧，但是又好像…碰到了心裡的哪個地方。

　　對於自己的改變，美蘭也曾經懷疑；懷疑自己慢慢開心起來，是不是不再關心來興了？是不是不再愛來興了？然而，美蘭覺得，好像也不是這樣。她勤快的去看來興，開心的去看來興，怎麼會對他沒有感情呢？這種又有感情，又沒有壓力的情況，美蘭不能理解。難道，

也是「法喜」的表現？難道，自己也有一些功夫了？美蘭不知道，將
近四十歲的她，正值各種欲望的旺盛期。她的各種欲望，原來集中在
來興一個人身上。那個人的一舉一動，牽引著她的每一根神經。現
在，她的欲望仍然強烈；不過，放在「出坡」上，放在伙房上，放在
每天固定的寺廟儀軌上；當然，也放在來興身上。她的欲望分散了，
分散在周邊的各種事情上。原來能讓她開心的，只有來興；現在，事
事都能讓她開心。當然，開心的程度有差別；美蘭的身體會告訴她，
什麼事情最開心；身體會引導她的心，讓她去多做那些開心的事。美
蘭最開心的，就是在菜園和伙房中做事。身體的用力、出汗、疲倦…
這些跟心靈似乎不著邊的事，悄悄的改變著她的情慾和情緒，使之趨
於安靜平穩。美蘭的身和心，漸漸的融為了一體。

也許，廟裡看見美蘭的改變罷；也許，並不是這樣的原因。總
之，美蘭可以參加一種新的活動了。那就是離開山門，到山下的市鎮
去化緣。化緣這件事情，起源很早，要從那個印度王子說起。當年，
王子早上帶著學生化緣－也就是乞討；中午回來吃飯；吃完飯，下午
講功課；晚上就不吃了。化緣的時候，別人給什麼，他們就吃什麼。
所以，當時吃飯不計葷素。這個活動也叫「托缽」。到了中國，大約
是梁武帝時候罷，規定出家不可吃葷。結果弄到出家人化緣，大眾得
特別準備素菜；因為麻煩，就乾脆給一點錢，讓出家人自己買著吃
了。這種錢，叫做「供養」。因此化緣活動，有「托缽制」與「供養
制」的不同。話雖如此，那個「托缽」的缽子，還是存在的。只是在
中國，大家往裡頭裝錢，不往裡頭裝飯。

開始的時候，美蘭參加一個化緣隊伍，由老和尚帶隊，去山下的

市鎮走一圈。美蘭在漁港的時候，可是「大尾」的女人，可是風光無限。現在，胸口掛一個錫鉢子，任人家佈施幾塊錢，好像要飯一樣，感覺很不是味道。化緣的時候，美蘭總是低著頭，好像怕人家看見。整個過程裡，她幾乎都是迷迷糊糊的，只聽見銅板掉在鉢子裡的叮咚聲音。那個聲音，很刺耳。每一聲叮咚，都傷害了她的自尊心。

　　廟裡的修行人，可能真有神通罷。也可能他們煩惱少，「漏盡通」修得不錯；在心情極度平靜下，可以「視人之所未見，聽人之所未聞」。美蘭的心事，老和尚好像通通知道。一段時間後，老和尚，竟然要她自己去化緣。美蘭對這件事很惶恐。是不是做錯了什麼，受罰呢？原來擠在行列裡，已經夠不堪了；現在自己一個人，面子放不下的。老和尚表示，不必先去市鎮，先在山門口站站。山門口雖然少人經過，但是形同罰站啊。美蘭的心裡，又開始不平衡，鬧脾氣不想去。女法師們跟她講道理：這是固定的修行過程，大家都要經過的。好說歹說，美蘭在門口站了幾次。最後，老和尚說，可以啦。可以到市鎮上去「托鉢」啦。如果累了，就在一個固定地方站著。對所有的人問訊－也就是打躬作揖，請他們佈施一點錢。

　　美蘭第一天去市鎮，走在半路上，眼淚就掉下來了。她也許命運多舛，但是她可曾經有錢有勢。來廟裡修行，是為了來興。從頭到尾，她並沒有誇示有錢。從頭到尾，她都是心甘情願。但是，去討飯這件事情，沒有必要啊。廟裡缺錢就說嘛，固定的供養並沒有少。怎麼講，也不會淪落到要去討飯啊。可是呢，廟裡有廟裡的規矩，怎麼說都沒有用的。這個「大尾」的女人，被迫要去沿街乞討了。

　　這件事，對美蘭來說，真是苦不堪言。她站在街上，對每一個人鞠躬；叮咚聲後，便對人家再次鞠躬，說謝謝。美蘭沒有抬頭看過任何人，無論那個人給了錢，還是沒給錢。有一天，美蘭又去市鎮上化緣。天氣不好，還下著雨。她站在騎樓下面，一個小孩走過，摔了一跤。美蘭很自然的去拉那個小孩。問他：

　　「痛不痛啊？」

　　「不痛。謝謝。」

小孩站起來，看著美蘭，一溜煙的跑走了。美蘭望著小孩跑走；轉過頭，看著屋簷上滴下的雨水。雨水滴在地上，形成一個小水坑。雨水不斷滴落，小水坑不斷發出聲響。美蘭覺得，腦子裡有一種清晰過頭的恍惚。不是自己，卑恭屈膝地，跟人家說謝謝麼？怎麼人家也跟自己說謝謝呢？她的開心，沒有緣由地湧上來。美蘭把頭抬起來，看著周圍。一切都是那樣的陌生。她來了這麼多次，竟然不認識這個小市鎮。她的心，還是關著的麼？裡面關著什麼？自尊心？多好笑的名字啊。自尊，自己尊敬自己？我尊敬別人，是因為別人很偉大；別人尊敬我，是因為我很偉大。自尊？自己尊敬自己？自己認為自己很偉大？美蘭笑了，她笑的很大聲。如果不是個修行人，她真想把那個鉢子頂在頭上，在街上跳舞。

　　這種事情，是不是叫做開悟？美蘭不知道。不過她把這件事，跟做夢會笑的女師父說，女師父對她說了另外一番話：

　　「悟字，一個心一個我。」她一面說，一面在手心上畫著。

　　「悟，就是心裡明白我是誰。我不過是千萬眾生的一個，很渺小的。知道自己渺小，就是謙卑的開始，就是修行的開始。一個人，如果總是覺得自己了不起，哪裡肯吃苦修行？」

女師父的話，有點絞腦汁。但是美蘭明白，自從她想頂著鉢子跳舞那天之後，她很喜歡出去化緣。她會站在道路旁邊，謙卑誠敬地，正眼看每一個經過的人。她看的很深入，可以看出每一個人的心理狀態。這種感覺很奇妙，她好像是芸芸眾生的一份子，又像是一個冷眼旁觀的局外人；她和每個人都一樣，但是，又絕對和每個人不一樣。美蘭很享受這種感覺；她看見高興的人，心裡替他們祝福；看見不高興的人，心裡也替他們祝福。美蘭不再是陪著丈夫出家的多情女子，她似乎，也找到了自己的修行之路。

來興四十歲那年，大概是機緣成熟了。多年來，他的打坐、微笑和唸詩，早已成為山上的一景。如果說，那個住在後山佛堂的和尚，對於山上的香火有點幫助，可能俗氣了。可是事實上，確是如此。來興和老和尚，都很能號召香客：一個不動，一個動；一個會微笑打坐，一個會講經說法。香客上山拜會兩個人，好像對於修行的過程，完整的看見了，不虛此行了。從大城市來了有學問的人，說來興和老和尚是山上的「雙璧」。美蘭不懂什麼「雙璧」，她聽人說到「雙璧」，總是想到以前的兩隻鐲子。

老和尚對於美蘭和來興，始終多一份爺爺般的疼愛。他對於美蘭的修行漸上軌道，很開心。對於來興多年的不動如山，也很開心；只是他明白，來興的表現雖然很殊勝－幾乎可以算是一個奇蹟；但是他畢竟不是和尚；他連真正出家人都說不上。一個人修行很深，最後還是要加入僧團，要真正的剃度。所以，老和尚主動提出這個問題：要不要讓來興剃度啊？畢竟自己也八十了，能夠接引一個，算是一個啦。美蘭對於來興正式剃度出家，也是期待的。現在由老和尚提出，

更覺得有一份榮譽。不過，美蘭對於剃度後，頭上要燒戒的事情，一直心裡犯嘀咕。來興接受那個過程，有一點可怕，有一點不忍。她鼓起最大勇氣，跟女師父們談這個問題。女師父說，老和尚不堅持燒戒。雖然年紀大的法師，頭上有戒疤，但是老和尚有自己的看法。有了這一層，美蘭的底氣足了。她直接去請問老和尚關於燒戒的事情。老和尚表示，頭髮一定要剃。有頭髮麼，難免要整理，愛美觀。愛美觀這件事，牽涉到很多人生的不能割捨。既然出家，就要四大皆空，不再留戀世俗。剃頭麼，就代表這種割捨。至於說燒戒：

「那個不是原來制度，沒有這個說法。燒戒是元朝蒙古人想出來的。元朝人對中國很壞，把中國人分成十等，等級低的人，處處受氣。十等人之中，除了官、吏以外，第三等就是出家人。大家生活苦，都想把頭髮剃了，假裝出家人，受些尊敬。所以，蒙古人就用燒戒的花樣，來分別真假。頭上有戒疤的，才是出家人。不然，就是假的。這裡面有不相信人，侮辱人的意思。所以說，不燒也罷。傷害自己身體，沒有什麼道理。」

美蘭聽老和尚這樣說，大大呼了一口氣。老和尚接著說：

「來興正式出家，你也要出家麼？」

美蘭低著頭，半天答不上來；最怕的問題啊。老和尚體恤人，替美蘭都說了：「出家人規矩多，男眾受二百五十戒，女眾受三百四十八戒。處處都要受約束。我看，妳不出家，繼續做個『常住居士』也好，對於來興的修行，可以有更多的照顧。你們緣訂三生啊。」

畢竟還是女人，聽老和尚講「緣訂三生」，美蘭覺得鼻頭發酸。

「沒有差別的。能夠幫助一個人修行，是很大的功德，很大的犧牲。人在做，天在看。最後都會收到有大利益。」

在廟裡這些年，美蘭多少學了些文雅周到。她紅著眼睛，對老和尚

說：

「這一輩子，跟您沒有更深的緣份了。」說完，美蘭哭出了聲音。

「跟我有緣沒有用，都是牽扯。要跟那個有緣。」

老和伸出手來，往上頭指了指，哈哈笑著走了。美蘭跪下來對老和尚頂禮：

「謝謝師父指點。」她五體投地，嗚嗚的哭起來。

老和尚已經轉過牆角了，美蘭還能聽見他的笑聲。

　　就這樣，來興正式出家了。出家那天，廟裡很慎重。老和尚的多年道友都來了，其中還包括「四大名山」的出家人。即便在那個時代，普陀、五台、九華、峨嵋長老聚齊，也很不簡單。一切按照儀軌進行，隆重而簡單。只是來興本來就已落髮，無須真正剃頭。老和尚拿著把剃刀，象徵性的比了三下：第一刀，要斷惡；第二刀，要修善；第三刀，要度眾。儀式結束，果然沒有燒戒。老和尚宣布，來興的法號是「明來」，以後大家對他要以法號相稱。並且說，這個法號，多年前就已經想好啦。一來，知道他一定會出家。二來，首次見面，就覺得他不是普通來的。取法號明來，表示他是明明白白來的。老和尚很少講著麼多話。那天，一講就停不下來。觀禮的法師大德們，都有地位，聽到「不是普通來的」一句話，有不同的理解。頓時大家一起鼓掌，場面雖然嚴肅，卻多少透出了一些喜氣和熱鬧。美蘭深深的呼吸了幾次。她知道，走了一個來興，來了一個明來。她站在遠處，對明來舉手問訊，無喜無悲；只有一點點，難以形容的…離別情緒。

來興成為出家人，大家開始叫他「明來師」。美蘭很難改過來，畢竟一輩子夫妻。人前，她可以隨著大家叫「明來師」；人後，還是把來興和那個人聯在一起。這種情況，美蘭花了一些時間適應。畢竟，那個人已經不是那個人；畢竟，那個人怎麼說還是那個人。這就是女人的問題，無論如何切割，曾經屬於自己的男人，永遠在記憶儲藏室中，有個獨立的小角落。哪怕那個小角落，如何封閉，如何位在儲藏室的遠遠盡頭。

老和尚對這個新的出家僧侶，安排了一項工作；請他參加廟裡的靜坐習禪會。這個會，是老和尚創立的，開放給俗眾參加。每星期四的晚上，讓俗眾來廟裡學打坐。不收任何學費，由老和尚親自帶領。現在，老和尚正式把來興介紹給會員們。表示自己年紀大了，體力不如以前。往後，就由「明來師」帶這個習禪會。至於說打坐後的開示時間，俗眾提問題，還是老和尚自己開講。

來興對於這個工作，很能勝任。在他而言，打坐是最舒服的事。在小佛堂裡打坐，還是在習禪會上打坐，都是一樣。不過他不會講經說法。到了會場，他只會以微笑做為開場白；下坐以後，也是以微笑做為結束。參加習禪會的會員們，對於這種方式很能接受。來廟裡打坐，是求心靈平靜；不多講話，跟著師父一起用功就好了。何況，這種不講話的方式，還增加了一些修行上的神秘感。

美蘭在廟中，每天有固定的體力工作。參加早晚課，也就算是應個故事罷了。體力工作和寺廟大環境，對美蘭的精神平穩，都有很大好處。但是說到規矩修行，還是投入的少。現在，來興帶一個俗眾的

靜坐習禪會，是一個機會了。美蘭和俗眾在一起，覺得程度相近，自在一些。

　　開始打坐以後，美蘭覺得她對來興更為了解；事實上，也就是接觸的場合多了。在這個場合中，她看不見來興，只看見明來。美蘭發現，她幾乎不認識這個人；這個人，絕對不是她要照顧的那個人。就好像以前在漁港，家中的來興，和碼頭上的來興，絕對不一樣。這種感覺，對一個女人來講，是很難得的經驗。平時夫妻間，誰知道丈夫在工作中是什麼樣子？美蘭看看來興，又看看其他學生。她看見其他學生臉上的誠敬，和眼中的光芒。美蘭的呼吸，不自主的急促起來。她有一種不能克制的驕傲和光榮；就像是母親看見孩子上台領獎一樣。來興這麼受到重視，他這麼了不起，他…。美蘭眼眶又紅了，她知道她的決定和辛苦，有了代價。

　　雖然是俗眾班，廟裡的規矩不能放下。開始打坐，來興教大家，怎麼盤腿坐在小墊子上；拿一塊毯子蓋住膝蓋，把四個角著折起來，塞到腿的下面。這個動作，可以讓腿不受涼。坐好了，輕輕搖動一下身體，脊背挺直，下巴收起來，閉上眼睛。手放在肚臍的前面。打坐的時間是固定的。廟裡會為大家點一枝香，大約四十五分鐘燒完。也許是不習慣使然，美蘭始終坐不住，總是張開眼睛東張西望。她看看那隻香的長度。天啊，才過了幾分鐘啊，怎麼像是幾個鐘頭？這個事情，有點尷尬。每個學生都好好的坐著，廟裡的落髮居士，反倒不安穩。美蘭不好意思，覺得來興和同學都發現了。她甚至覺得，最後老和尚出來開示的時候，眼神也有些奇怪。美蘭主動的跟老和尚談話：

　　「師父。嘿嘿…」

沒想到老和尚這樣回答。

「你知道少林寺打拳麼？」

美蘭張著嘴，一副丈二金剛的表情。

「自古以來，最好的修行方法，就是打拳與打坐。身體動和不動，都會讓心安靜下來。打拳和打坐，是少林寺的特點，是少林寺的真本領。哪個比較好？因人而異。所以，才會有兩種不同的修行方法。看來，妳是要打拳的那種？」

美蘭的臉，轟的一下熱起來了。不過，老和尚好像說對了。自己的確是幹體力活的時候，最感到輕鬆愉快。

「這樣。這個靜坐班，請妳做點義務工作罷。」

在老和尚的指示下，美蘭變成靜坐班的「監香」。也就是學生打坐時候，她拿著一隻四尺長、兩寸寬長的「香板」，放在耳朵上面架著，在學生之間「巡香」－走來走去，看看誰睡著了，或者張開眼睛亂動。如果發現了，就用「香板」打他的背。那個打法很有技巧，「啪」的一聲很響，但是並不痛；更不能把人打傷。美蘭做這個事情，有頑皮的感覺升起來。她很想走到來興背後，給他一記！不過，這只是個揮之不去的念頭，哪裡可以這樣做。除了「監香」，美蘭還帶著大家「跑香」。當一隻香燒完之後，大家張開眼睛「下坐」。因為長時間盤著腿，難免麻木了。這時候，美蘭就領頭讓大家圍著禪堂大步走，走著走著，就緩步開跑。直到身體狀況復原。

　　美蘭把這些事情告訴女師父們，大家都要發笑。一個女師父說：

「妳總是問什麼法力、神通。妳知不知道老和尚現了好幾次神通給妳看？你有沒有發現，他總是知道妳在想什麼；不用等妳說出來，就已經給妳解決了。」

其他的女師父們，也都點頭。只是她們不知道，美蘭有些程度
了；她早就不想什麼法力、神通。她想著少林寺打拳和打坐的事。她
想著，老和尚說會一種就可以安心，就可以有成就。她也想著，來興
和她，一人適合一種。她要跟人接觸、要幹體力活；來興要安靜、要
打坐。美蘭覺得，她好像慢慢了解，所謂「八萬四千法門」，是什麼
意思。

古人說「山中無甲子，寒盡不知年」。這句話是對的。一群與世
無爭的修行人，平靜地在山上過日子。春去秋來，時間很快的就過
去。

4

牆壁上的數目字，繼續跳著，子輔的號碼快要到了。女傭還在看
連續劇，中間，掏出手帕擦了幾次眼淚。母親還在睡覺，絨布小鴨子
掉在地上。女傭發現，替母親撿起來，放在她的腿上。她回頭看看子
輔，笑了笑；意思是她雖然看電視，還是顧著母親。

子輔挪了一下身子，看著牆壁上的數目字。真是難以形容的故
事，這樣清楚明白的起承轉合；這對夫妻，開始以入世打拼，結束以
出世修行。他們兩個人的命運，的確很特別；一般人沒有這麼界限分
明的人生。子輔想到自己的人生，想到母親的人生，有一點注意力不
集中。她知道自己恍惚了，馬上把頭轉回來；跟美蘭的眼神，深深接
觸了幾秒鐘。

　　大約是二十年前罷，老和尚真的老了，九十歲了。他出現了一些，不平常的變化。美蘭發現，老和尚和來興一樣，很少說話；甚至幾天也不說話。別人問他話，他多半看著對方，不回答。有時候，他也會回答；總是重複對方的問題。別人問「修行好不好」，他也說「修行好不好」。別人問「你會成佛嗎」，他也說「你會成佛嗎」。別人問「佛是什麼呢」，他也說「佛是什麼呢」。美蘭認為，老和尚的修行到了一個新境界。那個境界，應該算是得道了。他對於一般的問題，懶得再回答；如果一定要回答，他就重複問題，讓問的人自己去思考。這種方式，在修行上是有前例的。古代的禪宗和尚跟人說法，就好像打啞謎一樣。如果聽不懂，就一頭霧水。如果聽懂了，就可能忽然開悟。廟裡的信眾，因為老和尚的變化，而增加了一些。他們都想接觸這種問答方式。外行的，也就是瞧個熱鬧，算是見識了。內行的，盼望在與老和尚的問答中，體會些什麼深意。

　　老和尚九十以後，廟裡所謂的「雙璧」，更有特色了。來興的打坐和老和尚的問答，使得這間廟的修行，更有神祕色彩。當然，這種神祕和鬼神沒有關係；而是非常精神、人文的神祕感。讓人覺得，通過安靜的修持，人可以達到不可思議的境界。那種境界，讓紅塵中的煩躁人們，心嚮往之。

　　老和尚幾十年來，有一個心願。他希望圓寂的時候，可以坐缸。坐缸是人去世後的一種處理方式。在印度，法師去世後，多半採行火葬。火化後，如果燒出舍利子，就把舍利子貯在小瓶罐裡，供人瞻仰或者埋在塔基的下面；稱為舍利塔。坐缸也是求舍利，但是，是求人身舍利。人去世後，不火化，直接放入一個密封的大缸之中。幾年以

後開缸，把人取出來；如果不腐壞，就完成了人身舍利－整個人是個大舍利子；經過上漆裝金等等過程，就可以正式放在寺廟裡面。但是，坐缸除了修持和願力以外，還需要很多的客觀條件配合。例如：一個人如果很胖，身體裡面油脂很多，自然腐壞的可能性大大增加。所以，想要完成坐缸大願者，都非常注意自己的體重。在可能的程度下，讓自己保持最清瘦的狀態。老和尚也不例外，他長期控制自己的食量，可以說身輕如燕。當然，體重控制得宜，也是他享有高壽的原因。

但是，九十以後的老和尚，對於控制飲食，好像有了新想法。他變得不大控制飲食；可以說，能吃就吃能喝就喝。嚴格嚴肅的戒律生活，開始變得輕鬆愉快起來。這個變化，只有廟裡的人，長期在他左右的人，才能發覺。為什麼呢？老和尚幾十年來的堅持，為什麼改變？他每天開心的吃吃喝喝，是什麼想法？事實上，長時間下來，老和尚真的胖了一些；不僅僅胖一些，他還每年都胖一些。幾年以後，老和尚成為出家人所謂的「彌勒像」，也就是，成為了一個胖子。

這樣一個肥胖的身形，不大適合坐缸了。美蘭悄悄的問老和尚，「要不要坐缸啊？」他就反問「要不要坐缸啊？」。美蘭問他「不坐好不好？」他就說「不坐好不好？」老和尚的發胖，當然和他的啞謎式說法，是一件事。也就是說，自從老和尚開始打啞謎之後，他對於很多修行上的事情，都有了不一樣的見解。這些見解，把修行活動，指向一種更為自然、輕鬆的方式。人能夠放下諸般限制，活的更自然、輕鬆，當然是很高的境界；甚至是最高的境界。為什麼要肉身不壞，為人供奉呢？為什麼要坐缸呢？為什麼要餓自己呢？老和尚的特

殊言行，似乎啟示了美蘭，一連串本來毫無問題的事，都有了新意義；都有了繼續探討的可能。這個情形，維持了大約十年。最後，老和尚在一百歲的時候，離開了。他沒有坐缸，他對修行有更高層次的理解。任何形式上的問題，都不再約束他。美蘭是廟裡最大的供養者，她替老和尚把後事辦的很風光。

　　老和尚離開，美蘭明顯地很難過。作為一個修行者，心裡不應該這樣起伏；但是，三十年的開導，照顧；說不起伏，不是真心話。感情上，女人比男人更是「習慣的動物」。時間，會造成女人的習慣性依附。如果不能和伴侶相依附，女人就會把這種依附，轉向長輩、子女，甚至是同性友人。依附不是單向的感情；每當依附的時候，才有付出的機會。女人需要依附，因為女人需要付出。也許就是這種需要，讓女人看來認分認命。老和尚離開後，美蘭去看來興的次數增加了。她需要每天都去看看，這個六十多歲的老同伴。

5

　　子輔明白美蘭的需要。子輔很懂依附和付出的事；她沒有婚姻，沒有子女，在外國生活過很多年；她懂得很多事。她甚至懂得，女人對於付出的需要，可能源自哺養之慾。只是，子輔對於老和尚的最後修行境界，不是很了解。或者說，她有另外一種…不同於美蘭的了解。從事藝術工作，總是受人誤解；認為藝術家都是感性的，沒有大腦的。其實，才不是呢。藝術有非常理性的部分，不過藝術家有一種本領，可以把理性的東西感性地表達出來。子輔有時候或者急躁，但是急躁過後，還是相當理性。她小學時候做過性向測驗，說她最適合

做工程師。

　　牆上的數目字又跳了，子輔看見自己的號碼。她想跟美蘭說什麼，但是沒有說出來。女傭站起身，把母親輪椅的煞車打開，慢慢推向問診的小房間。子輔拍了拍美蘭的手，表示要進去了。她想跟美蘭說什麼，但是，還是沒有說出來。

　　進了房間，醫生主動跟子輔點頭，看著母親說：
　　「奶奶。你好嗎？」母親沒有回答，緊緊捏著手裡的小鴨子。
女傭把母親推到醫生前面，鎖上輪椅煞車。在旁邊站著。子輔坐在母親旁邊，一張小圓凳子上。
　　「近來怎麼樣？」醫生看著子輔。
子輔微微笑了一下；還能怎麼樣呢？
　　「還好吧。九十多了嘛。」
醫生也笑了一下。遇見這個醫生，也是緣份。他和子輔是小學同學。小學三年級時候，子輔轉過一次學校；之後，就沒有連繫過。再見面，已經是五十年後了。子輔是很獨立的人，但是遇到這個同學，讓她有感觸。五十年！太不可思議的事情。五十年不見，二分之一世紀不見，見了面可以自然的說話；就像是五十年前一樣說話。古人說「恍若隔世」；隔世的人見面，也可以繼續前世因緣麼？子輔想的多：難道真有前生後世？還是這個隔世是個譬喻？無論如何，那個恍字是真的。子輔見著五十年前的同學，真的產生了…不真實的感覺。

　　老同學就是這樣，見面就能敘舊，就能一起回憶老事。不過，幾十年，也讓人有想不到的變化。小時候，子輔蠻橫的像個男孩子；現

在成了藝術家。那個同學麼，膽小愛哭。現在，人家成了著名家醫科醫生，還是大學教授。子輔遇見這個醫生，也是偶然。一年前帶母親進這家醫院，掛號時候，覺得這個醫生名字眼熟。見著了，雙方同時喊了對方名字。中間的五十年，忽然就不見了。

　　有個熟的醫生，真是太好了。很多醫生不對病人說的話，都可以跟老同學說。子輔跟醫生說，母親有新狀況。以前健筋骨、舒胃腸的保健品，都要繼續。但是…

　　「我媽媽近來有個問題，很困擾人，很奇怪，不知道怎麼回事。」

子輔說的有些吞吞吐吐。

　　「她好像有點，不認識我。」

醫生沒有回答，轉向母親。拿出手電筒看她的眼睛和口腔，又敲了敲她的胸口，壓了壓她的腹部。完全是家醫科的典型動作。

　　「喂－！我說我媽媽不認識我。」小學同學出現了。

醫生呼了一口氣。

　　「你不是說了嘛？九十多了嘛。都是正常現象，正常現象。」

　　「你說，不記得我，正常？」

　　「是啊。多少記憶力減退了。」

　　「什麼記憶力減退。她不記得我了啊。」蠻橫的小學同學出現了。醫生笑了。

　　「妳還是一樣。真喜歡看你這種病人，可以調劑工作。好啦。記憶力減退，當然包括不記得妳啊。你不過是她記憶的一部份。」

　　「老人記性差，是記不住事情嘛。什麼丟三落四啦，記不住人名啦，哪有不認識女兒的呢？」

子輔完全懂得醫生的意思。不過，就是要往好的地方想，就是要往好的地方「引導醫生」。病人不肯承認生病，一般都是這樣。

「妳在國外那麼久，應該知道。」

「你是說我媽媽有 Parkinson？ 有 Alzheimer？」

「不是。帕金森是身體的運動協調問題，妳媽媽沒有。阿茲海默是腦子病變，附帶有很多症狀。什麼多愁善感啦，攻擊行為啦。我看，你媽媽也不像。當然，還需要再做仔細的檢查。」

醫生轉頭看著母親，對她擺出一個可愛的笑容。

「我記得，小時候看過你母親。她真的變化不多。九十多這麼好看的，不多。」

「不要扯啦。我是在說我媽不認識我的問題。」

醫生正眼看著子輔。笑容漸漸消失，換了一副很正經的神色。

「子輔，人老了都是這樣。妳媽媽基本上，沒有什麼病。家庭科醫生麼，我最了解這些事情。她只是很老了，很多器官－包括腦子，都慢慢退化了，縮小了。」

「腦子也縮小？我以為人只利用了四分之一的腦子，永遠都夠用。怎麼會小了呢？」

「會萎縮的，人老了，什麼都不對了。所以，妳媽媽也可以說是病了。她得了一種老病。越來越老。」

子輔沒有講話。醫生看著她的眼睛。

「妳媽媽腦子不清楚，有多久了？大概有一段時間了罷？只是妳沒有注意到？我看她的眼神有一點空洞。看起來，好像在專心想事情，又好像什麼也沒想。對了。她是不是早上起來和午睡起來，最不清楚？」

子輔看看女傭，女傭點點頭。醫生把桌上電燈轉了個角度，敲敲燈

泡。

「老人的腦子，就像是這個電燈泡。接頭鬆了，不過電。搖一搖，它就又亮了。慢慢的，不過電的次數越來越多。這時候，就會時時清醒，時時迷糊。早上和下午不清楚，是因為睡覺時間長，腦子不活動太久。」子輔不大願意聽腦子和電燈泡的事。不過，她不能不承認，醫生把事情講的清楚明白。

「子輔。我媽媽前幾年過去，八十八歲。她的情況更嚴重，很痛苦。跟個性有些關係罷。她本來就對人親切，喜歡熱鬧，需要跟人互動。她不記得事情後，朋友都從她的記憶裡抹去了。對了。妳猜怎麼樣？她最先不記得的，竟然是我爸爸。」

子輔沒有說話。

「我父母親結婚六十多年，感情好的不得了。北伐、抗日、內戰，全部經歷過。真的是有男女感情，也有革命感情。」醫生擠出一點苦澀笑意。

「沒想到罷。我爸爸去世比較早。給我媽看他的照片，她竟然說是她弟弟。後來弟弟也不說了，完全對這個人沒有記憶了。想不到？」醫生繼續說。

「當然，這種記憶消失的情況，也是因人而異。不過，比例上，多數人都逃不過。還有，就是這種記憶的消失，是一個過程。很多人都沒有注意，家人已經悄悄的進入這個過程。」

子輔有一點涼意，很多將來要出現的畫面，滑過心頭。

「沒有突然出現的情形嗎？」她問了一個無關緊要的問題。

「有的。主要是腦子受傷，也會失去記憶。腦子是很複雜的器官，我們也不能完全了解它的運作。就這樣罷，不能再上課了。下

課。給她一些藥，主要是幫助睡眠。你知道，失去記憶的人，處在完全陌生的環境裡。惶恐不安，是難免的。睡過去，就解脫了。」醫生恢復了職業的笑容。

子輔覺得，醫生把解脫和睡過去說到一起，有一點奇怪。不像是醫生說的，像是哲學家說的。她看看母親，想到母親近年來常皺眉頭。她在想什麼呢？她在找什麼呢？在記憶中迷失了的人，連要找什麼，都不知道了。

「哎呀。耽誤你很多時間。」

子輔忽然對醫生說。醫生搖搖頭。

「不會。我們老同學了。何況，家醫科麼。也就是以聊天方式，給大家一些醫學常識。家醫科不治什麼病的。真的有病，我們會轉到其他各種專科去。還有，我也快休息了。你們是倒數第二號病人。」

「最後一號，是兩個出家人，老病號了。」醫生說。

出家人？子輔想到了美蘭和來興。老病號了？多久了呢？醫生看出子輔臉上的疑問。

「來了有幾年。啊。兩三年總有。妳怎麼這麼吃驚？」

「沒有。不認識的。剛才在外面講了半天話。」子輔說。

「我們做家醫科的，還真有一些苦衷。」醫生換了一個舒服的姿勢。

「怎麼說？」

「除了感冒、拉肚子，來這裡的，多半沒有什麼大病。可是呢？有時候還要兼著做心理醫生，輔導一下。唉。這種事情沒有什麼標準。只是，呵呵，菩薩心腸罷。」

子輔不記得這個人這樣愛說笑；不是一個害羞又愛哭的傢伙麼？她跟

著嗯了一聲。

「既然你們講了半天話，應該知道一些情況。他們可以說是我最怪的病人了。」醫生把雙手放在頭的後面，身體微微向後仰。

「兩個人本來是恩愛夫妻。先生出家，太太跟著去照顧。不舒服的是那個先生，那個和尚。先生的不舒服，太太很仔細的跟我說過。本來，應該轉診精神科。但是，也沒有什麼大不了的；也就讓他們長期來家醫科拿藥。」

「怎麼不舒服？」子輔好奇起來。剛才沒有說到這裡。

「頭疼。這幾年，晚上疼的滿地打滾，大聲喊叫很嚇人。廟裡的人，一般不大看病，他們有他們的一套理論。但是呢，應該是沒有辦法了，所以到醫院來。」

「是嗎？」子輔完全不知道這些事。

「是的。以他疼痛的情況來看，我以為他腦子長瘤。但是，照過片子，做過核磁共振 MRI 以後，發現他的情況很簡單。他以前腦子受過嚴重傷害，記憶有問題。老了以後的疼痛，跟以前受傷有關係。至於說，是不是想起以前什麼，誰也不知道。沒有什麼好辦法，這個年紀了，也就給些止痛藥罷。」

子輔沒有說話。她本來想問，關於老和尚的事，又覺得醫生不會知道這一段。

「但是，出家人有他們自己的想法。太太認為先生修行很好，認為他是遇到了磨難，通過磨難，就會有更大成就。」醫生停了一下。

「你說，我應該把他們送去精神科嗎？那邊醫生的講法、治法，會讓這兩個人受不了。你明白嗎？人都是靠記憶活著的。不同的人有不同的經驗，不同的記憶。你要是能夠說服哪個人，說他的記憶都是錯的。我想，那個人不瘋也難。嘿嘿。精神科的那些傢伙，真有這個

本事。你信不信？什麼都會忘記，親人會忘記，讀的書會忘記，一生堅持的信念都會忘記。好人壞人，最後都是一片空白。就像電腦裡的檔案，全部被刪除掉。何必呢？他們很老啦，經不起這個折磨的。」子輔看著眼前這個小學同學，有一點毛骨悚然的感覺昇起。她在這個醫生的小房間裡，想著人類的大問題，想著靈魂和記憶的關係。…母親還在嗎？她慢慢轉過頭，發現母親已經睡著了。

　　醫生調亮了電燈，手在紙上沙沙的寫著。子輔湊過去。醫生沒有抬頭，翻過另一張紙。
　　「妳看不懂的。專業術語，加上自己才明白的速記。醫生的英文，很怪異。」
英文怪異？她看著這個頭已微禿的醫生。今天，什麼都怪異。美蘭和來興的故事，被這個五十年前的同學一說，也怪異起來。子輔的眼睛，在醫生的筆跡上打轉，希望可以看出一些認得的英文單字。她很小聲的問：
　　「你一直說記憶力減退，是不是…就是老人癡呆啊？」
　　「我不會這樣說，我頂多說失憶症。記憶力減退或者失憶，是學術用語，很清楚的敘述了病情。老人癡呆麼，我覺得是個通俗的文化用語，裡面有判斷和輕視的味道。我不會這樣說。」醫生還在沙沙的寫。
　　「對啦。就是一般說的老人癡呆啦。」醫生抬起頭，也很小聲的說。子輔看著母親，眼神停在她的小鴨子上。老人癡呆，的確是輕視人的。這麼漂亮，愛漂亮的一個人，最後失去記憶，變成癡人。記憶都是藏在心裡的，記憶沒有了，心就沒有了。對了。以前不是有個「失心瘋」的說法？多可怕啊。沒有記憶的瘋子，沒有心的瘋子。瘋

子？太殘忍了，太直接了。每一個人，最後都會變成瘋子麼？母親是瘋子麼？瘋子不是都會大喊大叫的麼？也有沈默的瘋子？連大喊大叫也不會的瘋子？沒有心的「失心瘋」？子輔下意識的用手摀著耳朵。她驚覺到有一點失態，用手掠了掠下頭髮。又伸出手，替母親也掠了掠頭髮。母親的額頭很涼，可以感覺到她呼吸的起伏。

子輔的手，微微發顫地離開母親額頭；一個更可怕的念頭，閃過腦際。母親，是不是已經走了？是不是早就走了？如果心是一個人的靈魂，母親的靈魂早就離開了。那麼，眼前這個睡著的老人，又是誰呢？母親的心已經不在了；這個，是母親的身？一個空洞的軀殼？還是，什麼都不是？

子輔不願意再想這些。可是，眼淚已經掉了下來。醫生發現，拿了一些紙巾給子輔。他沒有多說話，他看的太多。這種場面，他通常不予以安慰。「人生一場。看開一些。」他對他的小學同學說。
子輔不能控制的嗚咽起來。

「我怎麼會不知道人生一場。只是，我不知道，是這樣結束。我知道人生有意外是不好的，人都要避免意外。…可是，我不知道，一個人沒有意外，平平安安的到最後…竟然是這樣結束的。我真的不知道！我真的不知道！人到最後，會這麼徹底的失去一切。」

「人生一場。看開一些。」醫生笨拙地，又說了一次。
子輔掏出手帕，摀著臉，哭出聲來。

「我媽媽已經走了。她已經沒有心了。」
醫生站起來，拍拍子輔肩膀。拉著她的手，放在母親的肩膀上。

「沒有。她沒有走，妳看，她熱熱的，會動。妳看。子輔。妳媽

媽醒了，她在看妳呢。」醫生像是對小孩說話一樣。

母親張開眼睛，對子輔笑了笑。她捏著的小鴨子，發出「嘰嘰」兩聲。

「妳看。子輔。妳媽媽在逗妳呢。她在逗妳玩呢。」

母親的確是在笑著，就像是小時候，拿著玩具逗子輔玩一樣。子輔一面哭著，一面笑著，拿手帕擦眼淚。

「你做醫生這麼久，相不相信世界上有鬼？」

醫生愣了一下，想著怎麼回答。

「你相不相信，人活著沒有記憶，去世後，也沒有記憶；會變成一個沒有記憶的鬼？沒有上天堂，沒有下地獄…也沒有回家附在祖宗牌位上。因為，它什麼也不記得，不知道要去哪裡…也不知道要回家。」

子輔激動起來；她強忍住聲音，歇斯底里的啜泣。醫生有點慌了手腳，把整盒紙巾，放在子輔前面。

6

診療室的門打開了；美蘭推著來興站在門外。

「有什麼事情嗎？」美蘭臉上，有一些疑惑。

子輔停止啜泣，對美蘭搖搖頭。真是不好，怎麼這麼控制不住情緒呢？外面的人，一定聽見自己的哭聲。

「沒有事情。我們看完了。」

子輔有衰弱的感覺。她站起來，讓女傭把母親推出去。

「很高興跟妳說話。希望你先生的病趕快好。」

說完話，子輔的臉忽然熱起來。糟糕！人家根本沒有談到什麼不舒服

的事情。講人家病情是不對的。子輔緊張的看了看醫生，醫生沒有什麼反應。美蘭也沒有什麼反應；她對子輔合十，慢慢的說：

「都是緣份。跟妳聊天那麼久，都是緣份。」

子輔也跟美蘭合十，走向門口。這個看病的緣份，是結的很離奇。兩個陌生的老女人，可以講那麼多話；那麼多，跟自己身邊人有關的話。

子輔走回候診室，心情不能平復。真是鬧笑話，那麼激動？也許，在理性的外衣下，自己還是個合格的多感藝術家？這種激動，表示她還有創作的動力？她叫女傭把母親推到原來的座位，自己也走過去坐下。

「還不走嗎？」女傭問。

「嗯。休息一下，胸口悶。」

子輔坐在椅子上，閉著眼睛，耳朵裡響著牆上電鐘的秒針聲音。怎麼這麼大聲呢？子輔張開眼睛，候診室已經沒有什麼人，空蕩蕩的。她看看牆上的電鐘，快五點了。子輔想到美蘭和來興。大概不會再見面罷；緣份，也就是幾個小時。子輔視線，落在美蘭坐過的椅子上。緣份、時間、記憶，幾個名辭和它們的定義，在腦子裡面串流著。藝術的專業，總是能夠把感受到的事物，迅速做些排列組合。子輔把頭仰起來，呼吸著候診室的冰涼空氣。強迫自己，認真的想著：母親、來興和老和尚，是南轅北轍的人。到了最後，竟然沒有什麼不同。再過些年，自己也要加入他們的行列？什麼出世入世，聰明愚昧，物質精神，理性感性，最後全要失去；落得個不記得！子輔的視線，又落回美蘭坐過的椅子：美蘭真是個特別的女人。沒有她的堅持和追隨，怕是她的丈夫和師父，結果都不一樣了。

　　子輔看著候診室的玻璃門，上面有奇異的符號。那是反著寫的「二一五號候診室」幾個字。候診室完全沒有人了。冰涼的空氣，和白色的日光燈，混合出醫院特有的冷淡氣味。子輔回頭，望著診療室，美蘭和來興還在裡面。診療室的門縫下，露出電燈的黃色光線。那光線，是候診室裡，唯一的溫暖。

　　「是啊。我們都在候診室裡，等待著什麼呢？」

　　子輔看著那黃色光線，喃喃的說。

附錄
部分小說發表情形
（按本輯編排次序）

〈獅子和蜘蛛－非寓言〉　《國文天地》（台北 / 2012 / 9 月號）
　　　　　　　　　　　《THE TAIPEI CHINESE PEN－當代台灣文
　　　　　　　　　　　學英譯》（台北 / 2014 / 秋季號）複刊
〈小朱的故事〉　　　　《聯合報》（台北 / 2009 / 1 / 8）
〈赤子心〉　　　　　　《聯合報》（台北 / 2009 / 11 / 3）
〈昨天夜裡，那個麗玉〉《聯合報》（台北 / 2008 / 6 / 15）
〈在酒吧裡〉　　　　　《聯合報》（台北 / 2010 / 5 / 19）
〈小天的玫瑰〉　　　　《國文天地》（台北 / 2012 / 6 月號）
〈剪樹〉　　　　　　　《國文天地》（台北 / 2012 / 3 月號）
〈桂枝拜廟〉　　　　　《國文天地》（台北 / 2011 / 11 月號）
〈吃飯〉　　　　　　　《國文天地》（台北 / 2012 / 4 月號）
〈無事，說愁，淡水線〉《國文天地》（台北 / 2012 / 2 月號）
〈窗外一陣大聲響〉　　《聯合報》（台北 / 2008 / 11 / 27）
〈天堂的規矩〉　　　　《國文天地》（台北 / 2012 / 5 月號）
〈二一五號候診室〉　　《長江文藝》（武漢 / 2014 / 8 月號）
　　　　　　　　　　　《小說選刊》（北京 / 2014 / 9 月號）複刊

王大智作品集　青演堂叢稿四輯小說　9900A04

二一五號候診室

作　　者	王大智	
校　　對	王大智	
發 行 人	陳滿銘	
總 經 理	梁錦興	
總 編 輯	陳滿銘	
副總編輯	張晏瑞	
編 輯 所	萬卷樓圖書股份有限公司	
排　　版	林曉敏	
印　　刷	維中科技有限公司	
封面攝影	王美祈	
封面設計	宋樵雁	

發　　行　萬卷樓圖書股份有限公司

　　　臺北市羅斯福路二段 41 號 6 樓之 3

　　　電話 (02)23216565

　　　傳真 (02)23218698

　　　電郵 SERVICE@WANJUAN.COM.TW

香港經銷　香港聯合書刊物流有限公司

　　　電話 (852)21502100

　　　傳真 (852)23560735

ISBN 978-986-478-287-1

2019 年 6 月初版

定價：新臺幣 280 元

如何購買本書：

1. 劃撥購書，請透過以下郵政劃撥帳號：

　　帳號：15624015

　　戶名：萬卷樓圖書股份有限公司

2. 轉帳購書，請透過以下帳戶

　　合作金庫銀行　古亭分行

　　戶名：萬卷樓圖書股份有限公司

　　帳號：0877717092596

3. 網路購書，請透過萬卷樓網站

　　網址 WWW.WANJUAN.COM.TW

大量購書，請直接聯繫我們，將有專人為您服務。客服：(02)23216565 分機 610

如有缺頁、破損或裝訂錯誤，請寄回更換

國家圖書館出版品預行編目資料

二一五號候診室 / 王大智著. -- 初版. -- 臺北市：萬卷樓, 2019.06

　　面；　公分. -- (王大智作品集;9900A04) (青演堂叢稿. 四輯)

ISBN 978-986-478-287-1(平裝)

857.63　　　　　　　　　　108006785